いま、村上春樹を読むこと

土居 豊

関西学院大学出版会

まえがき

二〇一三年の出版界で、大きな話題といえばやはり、村上春樹の新作がミリオンセラーになったことだろう。しかし、残念ながら今度も、ノーベル文学賞に選ばれることはなかった。

それでも、世界の多くの国に、春樹作品の愛読者が多数いるのは、紛れもない事実で、ＮＨＫが製作したドキュメンタリーでも、欧米や東アジアでの村上文学の浸透ぶりについて解説していた。特に東アジアでの村上人気は、政治上の対立ムードをよそに、近隣諸国で日本の文化を愛好する人が着実に増えていることの証しだろう。

昨今、小説をよく読まずに批判する、あるいは、ざっと斜め読みしただけで判断する、そういう流れがいつの間にかできているように思う。おそらくは、速読がもてはやされ、熟読、味読ということが軽んじられるようになって以来の風潮ではないか。

村上春樹作品を読む場合にも、そういった傾向がみられる。

村上春樹の新刊が出るたびに、新作について多くの書評がメディアに発表され、中には、発売前に読んで発売と同時に書評を出すような例もみられる。そういう書評の中には、小説のオチの部分を平気でネタバレしながら、自説を開陳してみせるものもあり、読者は、うっかり書評を先に読んでしまうと、小説の内容を読む前に知らされてしまうことになる。

ひどい例になると、新聞が、村上春樹の新刊の解読を、ネタバレ全開で記事として書いてしまうような場合もある。その中には、ほとんど作品を読まずに書いているのではないか？　と疑われるような、ずさんな紹介や批判もあるのだ。

それでいて、これらのひどい書評を書いている筆者の中には、村上春樹研究本を何冊も出している著者もいて、まるで自分の本を売るために書評欄を利用しているかのようにもみえる。

普通、新刊小説の書評というのは、少なくとも、その作品を読者に手にとらせる目的で書かれるものだと思うのだ。作品の詳細な解読や、客観的な立場からの批評、考察などは、刊行後、数カ月して、読者がその小説をもっと堪能したくなった頃合いに、書かれたら十分ではないだろうか。

まだ世間の読者が読んでもいない新刊小説について、新聞や雑誌の紙面でストーリーの結末をばらしたり、内容をこきおろすような文章には、どんな意味があるのだろうか。

それとは別に、村上春樹の小説は、近年、雑誌に掲載されるというだけで、新聞記事やテレビニュースになり、新刊の刊行の当日などは、夜中に発売開始する様子をわざわざテレビニュースで放映したりするような、異常な盛り上がりをみせている。と同時に、このような世間での村上春樹作品への過剰な熱中ぶりを、逆にこきおろし、あざ笑う言動も、大きく取り上げられている。また、ネット上での、村上春樹へのバッシングや、村上作品の読者への無意味な非難も、年々、目立つようになってきた。

思うに、村上春樹の小説が過剰なバッシングを浴びるようになったのは、『ノルウェイの森』で大ベストセラーになってからである。当時、世間での人気急上昇と軌を一にして、週刊誌などで批判記事や、プライバシーのスクープ記事などが続き、小説そのものの読解とは別の次元で、村上春樹の存在が取り沙汰されるようになっていった。

以来、村上春樹の新作がでるたび、小説の中身とは無関係に「炎上」する現象は、ますますひどくなっているようにみえるのだ。

けれど、村上作品が世界中で売れることと、その作品の内容とは、また別のことであって、作品について考えるときは、まずじっくり読むべきではなかろうか。

世間では、長編『１Ｑ８４』のときも、近作『色彩を持たない多崎つくると、彼の巡礼の年』のときも、村上春樹の新作だからほめる、だからけなす、といった調子の発言が多く見受けられた。だが、これはほとんど意味がない。

また、村上作品への酷評の理由として、よく挙げられるのは、作品中の性描写や暴力描写が不快だという意見である。

だが、これも、作品の中でそれらの部分がどういう意味をもっていて、文脈の中でどういう位置づけになっているか、を考えてのことでなければ、単純に批判ばかりしてもあまり意味がない。そもそも、小説というのは、性描写や暴力描写があって当たり前のものであり、文芸作品の表現が過激であるということは、その作品の善し悪しとは別の次元の問題である。そういう表現が苦手であれば、あえて村上春樹の小説を読まなくてもいいのではないか、と筆者は考える。殺人の場面を読みたくなければ、ミステリーを読まなければいい、というのと同じレベルでのことだと思うのだ。

本書は、村上春樹の作品、特に『アフターダーク』以降の小説を、短編集を中心に熟読し、考える試みである。本書で、微力ながら、昨今の「読まずに批判する」風潮に一石を投じたいと思っている。合わせて、「村上春樹現象」ともいうべき、最近の村上春樹をめぐる言説についての愚考も収録する。

目次

第1章 村上春樹ノーベル文学賞騒動 二〇〇六年―二〇一三年

村上春樹がノーベル文学賞の候補といわれるようになったのは、二〇〇六年にカフカ賞を受賞して以来のことだ。毎年のように繰り返されるノーベル文学賞騒動を取材してきた筆者が、ノーベル文学賞と村上作品について解明する。

1 村上春樹がノーベル文学賞に選ばれなかった理由について

二〇一三年一〇月一〇日の夜、村上春樹氏の母校で、報道関係者や学校関係者に混じって、発表の結果を待った。

校長室には、卒業生の方々が集まっており、マスコミ取材陣が部屋にひしめいていた。その隙間を、在校生の新聞委員の学生さんたちが、ビデオカメラ片手に取材してまわっており、在校当時は同校新聞委員会所属だった春樹氏の、若い後輩たちの頼もしい姿をみることができた。受賞結果は、周知の通りだ。

翌日の日刊ゲンダイ紙面で、村上春樹がノーベル文学賞に選ばれなかったことの理由について、私のコメントが記事に引用された。ただ、電話取材に答えて話した内容のニュアンスが、記事ではかなり変わっていたので、私なりの考えを次にまとめた。

村上春樹がノーベル文学賞に選ばれなかった理由（二〇一三）

(1) ある意味、順当な結果である

つまり、これは受賞の順番待ちであるということで、前年は中国の作家だったため、続けてアジアから、というのはなさそうだ、という予想である。

(2)『多崎つくる』の評価待ち

『多崎つくる』が出たばかりで、まだ世界の多くの読者は、この時点では未読であること。その評価しだいで、今後判断するだろうという予想。『多崎つくる』が、いかにも春樹作品らしい手堅い小説なので、前作『1Q84』とは違って、従来の春樹作品の路線に戻っ

た、ともいえる。だから、『多崎つくる』が世界の文学研究者に好評であれば、ますます春樹の評価が確実なものになるだろう、といえる。

(3)『1Q84』の賛否両論

当面、『1Q84』の完結待ちで、この大作がどういう形でまとめられるのか、その評価を待って判断しようということかもしれない。

(4)年齢

なんといっても春樹氏はまだ若い、といえる。二〇一三年の受賞者、マンローなどはもっと高齢で、受賞を待っている候補者が多いということだろう。

(5)春樹作品は文学ではない? という日本だけの特殊な問題

まことしやかに語られる「春樹作品=通俗小説」というくくりは、おそらく、日本だけの問題であろう。いわゆる、大衆小説と純文学、の区別は、日本独特の文壇的ヒエラルキーの表れで、諸外国での文学の区別は、日本の純文学とイコールではない。少なくとも、春樹作品は、海外では文学扱いである。『ハリー・ポッター』や『ダ・ヴィンチ・コード』などとは明らかに別のジャンルだといえる。だから、ノーベル文学賞に選ばれるかどうか、の判断は、春樹作品の文学世界が、諸外国、特に欧米の文学研究者に十分認められるかどうか、に、最終的にはかかっているといえよう。

ちなみに、ノーベル文学賞騒動についての、私個人の見解だが、これはすでに、日本の出版界にとって、本が売れるためのいわゆる「祭り」となっていると思う。秋の読書週間とちょうどタイミングもあうので、この機会に、村上春樹の作品を読んでみようかな、という新たな読者、本の買い手を増やすイベントなのだろう。そのこと自体は、なんら悪いとは思わない。

ただ、もし引き続きこの「祭り」を盛り上げようとするなら、ぜひ、過去の受賞者の作家たち、たとえば今回の受賞者のアリス・マンローや、前回の受賞者である莫言、あるいは、日本人の過去の受賞者や、候補だといわれた作家たちの作品などを、広く取り扱ってほしい。

そうして、「ノーベル文学賞祭り」で、出版業界全体がもっと活気づくようなイベントを、それぞれの版元はもちろん、書店や大学などが積極的に企画、開催してほしい。

私なども、微力ながら、各自治体を中心に、文芸ソムリエとして「ノーベル文学賞」文学レクチャーを実施している。ノーベル文学賞は、もっとみんなで読書を楽しむ雰囲気を盛り上げていく、格好の機会だと思うのだ。

2　「世界が愛読する村上春樹」と「日本人が嫌う（茶化す）村上春樹」のギャップとは？

二〇一三年の出版界で、大きな話題になったのはやはり、村上春樹の新作がミリオンセラーになったことだろう。

しかし、その話題性が災いしたのか、今回もノーベル文学賞に選ばれることはなかった。それでも、世界の多くの国に、春樹作品の愛読者が多数いるのは、紛れもない事実で、NHKが製作したドキュメンタリー（〔注〕『世界が読む村上春樹—境界を越える文学』NHK Eテレ、二〇一四年一月二日放映）でも、欧米や東アジアでの村上文学の浸透ぶりを解説していた。

次にあげる参考記事1、2のように、特に東アジアでの村上人気は、政治上の対立ムードをよそに、近隣諸国で日本の文化を愛好する人が着実に増えていることの証しだろう。

参考記事1　韓国でコンサート「村上春樹を聞く」——作品に登場する音楽を演奏

（『gangnam.keizai.biz』二〇一三年一二月二七日）

ソウル市のチョンノ区にあるセジョンチェンバーホール（81-3, Sejongro, Jongro-gu）で来年一月八日、コンサート「村上春樹を聞く」が開催される。韓国でも村上さんの人気は高く、作品の多くは韓国語に翻訳され販売されている。七月に発売された「色彩を持たない多崎つくると、彼の巡礼の年」の韓国版は、総合ベストセラーランキングで三週連続一位になるなど大ヒットを記録した。

村上さんは大変な音楽好きとしても知られ、彼の作品を語る上で音楽は切っても切り話せない存在。同コンサートではこれまでの村上作品に登場したクラシックやジャズの名曲を抜粋して紹介し、音楽を聞きながら物語を回想できる内容となる。〈以下略〉

参考記事2　東アジアつなぐ村上文学　国際シンポで議論

（『朝日新聞』二〇一三年一二月一八日）

国際シンポジウム「東アジア文化圏と村上春樹―越境する文学、危機の中の可能性」が一四日、早稲田大学で開かれた。中国や韓国、米国、日本の文学研究者と作家ら八人が集い、講演やパネルディスカッションが行われた。〈以下略〉

一方、日本国内では、村上春樹の人気が過熱するに従って、逆にバッシングが目立ってきたようにみえる。

毎年のように村上春樹がノーベル文学賞の下馬評にあがることも、そのバッシングに拍車をかけている。「春樹作品はノーベル賞レベルではない」というあからさまな批判も珍しくない。
また、新作がミリオンセラーになったことも、逆に春樹批判を再燃させる効果があったようで、最近では、春樹作品を「いじる」と称して下品に攻撃する本が話題になったりしている。

参考記事3　村上春樹氏の作品四年ぶり年間ベストセラー総合一位

情報会社オリコンは二日付で今年の書籍年間ベストセラー（二〇一二年一一月一九日から一三年一一月一七日）を発表し、総合部門で村上春樹氏の『色彩を持たない多崎つくると、彼の巡礼の年』が一位となった。推定売上部数は九八・五万部。〈以下略〉

参考記事4　圧巻のツッコミ芸をもう一度――『多崎つくる』Amazonレビューが「とてつもない」と話題になったドリーさん、ガイド本『村上春樹いじり』出版

（『ねとらぼ』二〇一三年一一月二一日）

村上春樹の長編一三作品を「本音一辺倒」で完全ガイド……！　目次だけで切れ味抜群です。〈以下略〉

このように世界の様々な国で愛読され、一方で日本ではバッシングされる村上文学のルーツ

が、関西、それも阪神間にあることは、いまや間違いのないところだ。

筆者も、長年、村上春樹研究を続ける中で、阪神間が生んだ村上文学、という説を追究してきた。以下の参考記事5、6のように、村上春樹の故郷である阪神間では、地元の生んだ偉大な作家、として愛読する人が多い。

参考記事5　〝ハルキの図書館〟ルーツ新説　芦屋市立打出分室

（『神戸新聞』二〇一三年一二月三日）

作家の村上春樹さんや小川洋子さんの作品に登場する兵庫県芦屋市立図書館打出分室（同市打出小槌町）のルーツに新説が浮上している。従来の通説とは違う建物の可能性を建築家が指摘し、市教委も再調査を決めた。重厚な石造りの館はどこから来たのか。文学ファンの関心を呼びそうだ。〈以下略〉

参考記事6　幸せの学び――〈その71〉　村上春樹ワールドの原風景

（『毎日新聞』二〇一三年一〇月一六日）

ノーベル賞への期待が年々高まる村上春樹さんの父千秋さんを二〇年前に取材したことがある。「あまり私がしゃべると息子に怒られますからね」「さあ、どこで暮らしているのでしょうか」。朗らかな口調ながら、どこか無国籍な空気に触れた思いがしたものだ。

希代の作家が育ったのは大阪と神戸にはさまれ、山と海にも近い「阪神間」と呼ばれるエリアだ。「白い砂浜と防波堤、緑の松林が押し潰されたように低く広がり、その背後には青黒い山並みが空に向けてくっきりと立ち並んでいる」(『一九七三年のピンボール』より)。こうした一節からもうかがえる開放的な土地柄だ。〈以下略〉

もちろん、いまや村上作品は、ただの日本人作家の小説ではなく、現代を代表する世界文学の一つといえるだろう。その視点からも、ノーベル文学賞にいつか選ばれるのは間違いなさそうだ。けれど、そういう村上春樹の「虚像」と、実際の作品とは、ずいぶん印象が違う。村上作品は、偉大な世界文学、というよりも、読んで面白く、しかも深い味わいのあるすぐれた小説、であるという方が、しっくりくると思う。

筆者が考える村上文学の魅力は、一言でいうと、「面白くて、しかも深い」ということだ。「面白い」のは、春樹小説の物語や文体が、ハードボイルドの影響を色濃く宿して、「シーク&ファインド」のテクニックで書かれているからだと考える。

つまり、春樹小説が読者を引きつけるのは、巧みなミステリー(ホラー)小説のように読める、という点にある。

だが、一方で、春樹小説はミステリー小説ではなく、謎を解決しようとしない。そこが、逆に、春樹小説を村上文学たらしめているのだといえるのだ。つまり、読者が求める物語の解答をあえて書かず、その結末はいわゆる「オープンエンド」になっている。そのために、読者は、作者の描く物語に自分を同一化することができるのだ。

春樹小説の中に読者が自分を投影することができると、あとは村上文学の深みに、自分自身で踏み込んでいくことが可能になる。その物語には結末がないため、読者は、自身の物語を、村上文学になぞらえて、自分自身の生き様を、村上文学でシミュレーションできる。

だから、小説として「面白い」ことと、文学として「深い」ことが、村上文学では自然に一体化しているのだ。

春樹小説を批判的に読む読者の中には、結末のなさをあげつらう人が多いのだが、それは、小説を娯楽的に、あるいは受け身なまま読もうとするからではないか、と筆者は考える。

そうではなく、海外の春樹愛読者の多くは、村上文学に自身を投影し、その物語を自分の物語と同化しようとして、「ハマる」人が多いように思える。また、そうでなければ、全くの異文化である日本の小説が、四十数カ国で読まれるはずがない、と考えるのだ。

単なる娯楽的な物語であれば、『ハリー・ポッター』や『ダ・ヴィンチ・コード』のように、きちんと物語の結末が用意されていなければ、多くの読者は納得しないだろう。だが、春樹小説は、娯楽小説的に読者が受け身の姿勢で読んで面白い、というものではなく、読者が主体的に物語を自分の人生に取り込むような、いわば「参加型」の作品なのだ。だからこそ、村上文学は、音楽や演劇など、ジャンルを超えてコラボレーションを生んでいくのだといえるし、村上春樹を論じたがる著者が多いのも、そこに理由があるのだ。

筆者自身も、村上文学に自身を投影して、何冊も村上文学の評論を書いてきた。前著は、春樹作品の文学散歩のすすめ、というべき本で、まさしく、文学散歩という「参加型読書」の楽しみを提案している。

アニメの「聖地巡礼」があるように、文学にも聖地巡礼が古くから行われていた。それがいわゆる文学散歩であり、村上文学には、特に阪神間に、その舞台がたくさんある。願わくば、世界の村上文学研究者や、愛読者が、村上文学の故郷としての阪神間に、もっと訪れてくれるといいと思う。村上春樹を生んだ阪神間の風景を楽しみ、更に村上文学を深く味わうきっかけにしてほしいと思うのだ。

3　村上春樹とノーベル文学賞作家たち

日本人初のノーベル文学賞を受賞した川端康成、二人目の受賞者となった大江健三郎は、いずれもそれぞれの時代を代表する文学者である。一方、もはや日本の作家という枠におさまらない作家活動を続けているノーベル文学賞候補・村上春樹。先行する二人の作品との比較で、日本文学としての村上春樹作品を読み解きたい。

まず、村上春樹はノーベル文学賞候補、だと本当にいえるのだろうか、正確には、よくわからないのだ。つまり、ノーベル文学賞には、候補というのは存在するが、厳重に秘密が保たれているため、候補者名は、あくまでも憶測である。

これまで、例えば以下のような文豪たちが、ノーベル文学賞予想の下馬評に上げられてきた。谷崎潤一郎、西脇順三郎、井上靖、三島由紀夫、安部公房、遠藤周作、そして大江健三郎や村上春樹。これらの中で、確かにノーベル文学賞候補だった日本人作家たちが、新資料によって何人か判明している。

参考記事7　川端康成 ノーベル賞選考で新資料

（NHKニュース　二〇一二年九月四日）

日本人として初めてノーベル文学賞を受賞した、小説家の川端康成が、受賞七年前の一九六一年にすでにノーベル賞の候補に選ばれていたことが、当時の選考資料から明らかになりました。

〈中略〉

これは、NHKが行った、ノーベル賞の選考資料の情報公開請求に対して、文学賞を選考するスウェーデンの学術団体「スウェーデン・アカデミー」がこのほど、開示したものです。

一九六一年当時の選考資料には、この年のノーベル文学賞候補に、「伊豆の踊子」や「雪国」などの作品で知られる小説家の川端康成が含まれていました。

〈中略〉

さらに、一九五八年と六〇年、それに六一年には、小説家の谷崎潤一郎と詩人の西脇順三郎も、それぞれノーベル文学賞の候補になっていました。

参考記事8（同）

日本人の作家がノーベル文学賞を受賞するうえで重要視されたのが、「作品が欧米のことばにどれだけ翻訳されているか」でした。

川端康成の代表作のうち、初めて翻訳されたのは「伊豆の踊子」で、一九四二年にドイツ語、一九五五年に英語に訳されました。さらに、一九五六年には「雪国」が英訳されました。

こうした翻訳で、川端作品は欧米で広く知られるようになります。英訳でもっとも貢献したのが、アメリカ人の日本文学研究者で、「源氏物語」の英訳などでも知られるエドワード・ジョージ・サイデンステッカーさんでした。

〈中略〉

林教授は、「一九六〇年代の後半に川端康成がノーベル賞を取るのではないかといううわさがあったが、一九六一年の時点で川端を推す意見があったというのは驚きだ。しかも、推薦者が日本のペンクラブなどではなく外国人になっている。川端の作品は、エドワード・サイデンステッカーさんというアメリカ人の研究者によって戦後、英語に翻訳され、欧米で知られるようになった。日本文学がまだあまり世界で知られていなかった時代に早くからノミネートされていたのは、サイデンステッカーさんの功績が大きいと思う。今回公開された情報は、川端の文学が世界でどのように受容されていったのかを研究するうえでの手がかりになるのではないか」と話しています。

以上のように、川端康成のノーベル文学賞受賞の決めては、サイデンステッカーによる翻訳が、海外で多く刊行されていたところにあるということなのだ。ただ、当時はすでに、日本の小説は海外で多く翻訳され、谷崎をはじめとして、三島由紀夫、遠藤周作、井上靖、安部公房などには、欧米にも熱烈な読者がいた。実際、今回公開された資料によると、一九五八年、六〇年、六一年と三回も、谷崎と詩人の西脇順三郎が、それぞれノーベル文学賞候補になっていたそうだ。

その中で、なぜ川端だったのか? 受賞理由には、「日本文化」という点があがっていたが、それだけでなく、やはり川端文学の耽美性と、前衛性に決めてがあったように思われる。

川端は、新感覚派の旗手だったが、二〇世紀文学の革新的な特徴である「意識の流れ」の手法を、早くから取り入れて、『水晶幻想』『みずうみ』といった前衛的な傑作を書いた。戦後の川端作品だけを読んで、まるで「日本文化」だけの作家かと思いこんでいる読者もいるかもしれないが、川端は、まぎれもなく、「二〇世紀の小説」を書いた作家だったのだ。だからこそ、いまだに欧米で愛読され、映画化されたりしているのだと思う。

さて、川端がノーベル文学賞を受賞したとき、そのことを手放しで喜べなかったといわれるのが、川端の弟子筋にあたる三島由紀夫である。なにしろ、当時のノーベル賞下馬評では、むしろ、三島の方が受賞を予想されていたのだ。最近、公開された資料によると、三島も確かにノーベル文学賞の候補であったことが明らかになっている。

参考記事9　三島由紀夫、ノーベル文学賞候補だった　一九六三年推薦

（『朝日新聞』二〇一四年一月三日）

作家の三島由紀夫（一九二五―七〇）が、一九六三年にノーベル文学賞候補としてスウェー

デン・アカデミーに初推薦され、最終選考リスト一歩手前の候補六人の中に入っていたことがわかった。ノーベル財団が二日、公式サイトで発表した。ノーベル賞の候補者や選考過程は五〇年間非公開。その期間が過ぎたことから公開された。

財団によると、三島は六三年、アイルランド出身でフランス在住の劇作家サミュエル・ベケット（六九年受賞者）らと並び、六人まで絞り込まれたリストの中に入った。だが、「ほかの日本人候補と比べて優先されるほどの作家性がまだない」と判断され、三人の最終選考候補からは漏れたという。〈後略〉

このように、三島由紀夫も川端とともにちゃんと候補者であったのだ。一説には、三島の自殺の遠因に、ノーベル文学賞を逃したことがあると、論じられている。（〔注〕徳岡孝夫など）もし、川端ではなく、三島が受賞していたら、三島事件はなかったのかもしれない。ともあれ、過去の日本人のノーベル文学賞受賞は、川端康成と、大江健三郎の二人のみである。

一九六八年に受賞した川端康成の受賞理由は、「『伊豆の踊り子』『雪国』など、日本人の心情の本質を描いた、非常に繊細な表現による叙述の卓越さに対して」というものである。一方、一九九四年の大江健三郎の場合は「『万延元年のフットボール』など、詩的な言語を用いて現実と神話の混交する世界を創造し、窮地にある現代人の姿を、見る者を当惑させるような絵図に描いた功績に対して」という受賞理由になっている。

大江健三郎が、ノーベル賞記念として一九九四年にストックホルムで行った講演『あいまいな日本の私』は、もちろん、川端康成の同講演の題名『美しい日本の私』を意識したものである。

大江は、この講演の中で、「このような現在を生き、このような過去にきざまれた辛い記憶を持つ人間として、私は川端と声をあわせて『美しい日本の私』ということはできません。〈中略〉それは私が自分について、『あいまいな日本の私』というほかにないと考えるからなのです」と述べている。大江健三郎の文学観は、先輩受賞者の川端のものとは正反対である、ということがいえるだろう。

一方、次にノーベル文学賞を受賞するかもしれない村上春樹の場合は、どうだろうか。

村上文学は、大江文学とはずいぶん方向性が異なるものだということも、また、よく知られている。けれど、村上春樹と川端文学は、どうだろうか？一般に、川端康成と村上春樹といえば、これまた正反対の作風だと考えられている。ところが、意外にも、この両者が同じイメージを小説に描いている。そのイメージというのが、「双子」への異常なこだわり、というものなのだ。

まさか、川端康成と村上春樹はどっちも「双子フェチ」だということだろうか。

村上春樹は、「双子」を好んで描いている。『一九七三年のピンボール』で描かれた謎の双子の美女たちは、村上春樹の登場人物の中でも、特に印象的で、のちに、後日譚の短編も書かれたし、佐々木マキの絵による絵本にも登場している。

この双子は、体つきも、声も、全てがそっくりで、かろうじてTシャツのシリアルナンバーで区別されている。そのTシャツを交換すると、そっくり入れ代わってしまうぐらい、見分けがつかない。生理周期も一緒なら、セックスの反応も一緒、というのだから、完全なコピーというのもうなずける。

ところが、このいかにも村上春樹的なクールでアバンギャルドな双子のモチーフは、そのはるか以前に、川端康成も描いたものだった。

それは、「あなたはどこにおいでなのでしょうか」という独白で有名な、『反橋』『しぐれ』『住吉』『隅田川』の連作に登場する、双子の娼婦だ。

> 女の方でもふたごを売りものにして、わざと髪型から着物までそっくり同じにしているのがからくりでありました。
>
> （川端康成「しぐれ」『反橋・しぐれ・たまゆら』講談社文芸文庫　p. 29）

双生児の娘がいくらそっくりだとしても、二人ともにまじわりまで重ねてみれば、どこかに微妙なちがいはありましょう。たしかにあったはずと、後からは思ってみるようになりました。

（川端康成「隅田川」同　p. 54）

川端康成の作品に描かれる女性、あるいは女体は、『片腕』や『眠れる美女』にもあるように、人体がそのまま記号的に扱われて、交換可能なイメージで描かれているものが多くある。もともと、新感覚派の旗手であった川端の作品には、二〇世紀初頭のモダニズムをリアルタイムで直輸入した斬新な作品が多数あった。

そのモダニズムを、同じく戦後、日本に直輸入された欧米文化に浸って育った村上春樹が、本歌取りのように作品に取り込んでいたとしても、不思議ではないだろう。

それにしても、そもそも、なぜ村上春樹はノーベル文学賞の下馬評に上がってきたのだろうか？　きっかけは、村上春樹がチェコの文学賞であるカフカ賞を受けたことにある。

参考記事10　カフカへの思い丁寧に　村上春樹さん「人生初」記者会見

（『朝日新聞』二〇〇六年一一月一日）

第六回フランツ・カフカ賞（フランツ・カフカ協会主催）を受賞した作家村上春樹さん（五七）が一〇月三〇日、プラハ市で開かれた贈呈式や会見に出席した。公の場に出ることが少なく、「本当に現れるのか？」と関係者の気をもませたが、現地では「もっとも好きな作家のひとり」というカフカへの思いを率直に語った。

贈呈式に先立ち、地元出版社の主催で、記者会見が開かれた。チェコでは『海辺のカフカ』が出版されたばかり。会見場所となったホテルの一室は五〇人以上の地元メディアが詰めかける関心の高さで、プラハを初めて訪れた村上さんを驚かせた。

「『海辺のカフカ』では一五歳の少年を書きたかった。僕が初めてカフカを読んだのが一五の時だったから、主人公にカフカという名前をつけた。その意味で、この本はカフカへのオマージュといえます」

なぜ主人公の名が「カフカ」なのか、と問われての答えだ。カフカ少年は一五歳にして「変身」「審判」「城」に加えて「流刑地にて」も読んでいるという設定だが、これは村上少年の実体験が下敷きになっていたわけだ。「城」を読んで衝撃を受けて以来、村上さんはカフカのほとんどの作品をくりかえし読み、ドストエフスキーと並んで大きな影響を受けてきたという。

〈中略〉

今年で六回目の新しい賞がなぜ短期間に高い知名度を得るようになったのだろうか。

フランツ・カフカ賞など協会の活動を実際に運営するフランツ・カフカセンターのディレクター、マルケータ・マリショバーさんは、こう説明する。

「一〇人の委員が質の高い選考をしているから。委員それぞれが候補者を出して、

一二、一三人にしぼりこんでいく。一昨年のイェリネクの時は、なぜイェリネクだと批判されたりしたけど、その年のノーベル文学賞に選ばれて、私たちの正しさが証明されました」

昨年の受賞者ピンターも、続いてノーベル文学賞を受けたことで、一気に注目を集めるようになったのだ。

だから、会見では日本人記者からこんな質問が出た。

「カフカ賞の受賞者はノーベル賞の候補とも言われますがどう思われますか」

村上さんは、やれやれ、といった感じでこう答えた。

「ノーベル賞については誰からも何も言われてないし実際、何の賞にも興味ないんです。僕の読者が、僕の賞です。カフカを尊敬しているから賞をもらいにきたので、ノーベル賞をねらってなんてことはないですよ」

このように、ノーベル文学賞への登竜門と見なされているカフカ賞を受賞してから、村上春樹は俄然、下馬評にあがるようになった。ちなみに、二〇一二年の場合は、国際的なギャンブルのオッズの下馬評によると、発表当日まで、村上春樹が一位予想だった。

発表日の段階で、オッズの掛け率は村上春樹がトップ、二位がハンガリーの作家ナーダシュ・ペーテル、三位にウィリアム・トレヴァー、となっていた。二〇一二年のノーベル文学賞受賞者となった中国人作家の莫言氏も、発表数日前までは上位につけていた。

参考記事11　今年のノーベル文学賞、村上春樹氏が有力候補に

（ロイター二〇一二年一〇月五日）

一〇月八日から発表される今年のノーベル賞では、小説「1Q84」が世界的にヒットした日本の村上春樹氏が、文学賞の有力候補として名前が挙がっている。大手ブックメーカー（公認賭け屋）の予想オッズ（掛け率）を見ると、英国のラドブロークスが村上氏を一位にしており、スウェーデンのウニベットも、中国人作家の莫言氏に続き村上氏を二位にしている。この他のノーベル文学賞の候補者には、アイルランドの作家ウィリアム・トレバー氏、シリアの詩人アドニス氏、韓国の詩人高銀氏、米作家フィリップ・ロス氏、米ミュージシャンのボブ・ディラン氏の名前が取り沙汰されている。

〈後略〉

この記事のように、なんと、歌手のボブ・ディランが上位に入っていたのも、驚きだった。『ジョン・レノン対火星人』（高橋源一郎）ならぬ、『ボブ・ディラン対村上春樹』という勝負になりかけたのも、また一興だった。

このように、村上春樹がノーベル文学賞に選ばれるかどうかをめぐって、世界中の目が集まっていたのだ。二〇一二年に続き、二〇一三年も同様のノーベル賞騒動があった。おそらく、村上氏が受賞するまでは、毎年のように、ノーベル文学賞の発表時期には、世界の愛読者たちによるお祭り騒ぎが繰り広げられることだろう。

4　村上春樹とノーベル文学賞予想の狂騒

前段でみたように、村上春樹のノーベル文学賞予想について、このところ毎年のように大騒ぎが続いている。そのこと自体は、別に悪くはない。それどころか、筆者自身も、この春樹ノーベル賞狂騒、の末席に参加もしている。ここからは、これまでの村上春樹ノーベル文学賞予想をめぐる動きを、筆者自身の周辺から選んで紹介しよう。

(1) ノーベル文学賞の発表日は、事前に公表されない？

前日がオッズのＨＰではノーベル文学賞の予定日になっていたので、注目していたのだが、結果的に、どうやらノーベル文学賞の発表予定日は一〇月一一日のようだ。（注：二〇一二年度）

参考記事12　ノーベル賞はどうして毎年、文学賞だけ、発表日が「未定」なのですか?

（『読売新聞』二〇一二年一〇月二日）

文学賞の選考委員会はノーベル財団ではなく、日本の学士院にあたる「スウェーデン・アカデミー」（会員数一八人）が選考委員会を兼ねているので、発表もアカデミーが独自に日程を決めて行うのです。ただ、一〇月の第一週、または第二週の「木曜日」というのが定例の発表日で、原則として他賞と同じ週に発表されることになっています。従って、今年の発表は一一日（木）の夜になるとみられています。

さて、二〇一二年のノーベル文学賞発表当日には、筆者は、以下のように、インターネットのユーストリーム中継で、一人カウントダウンを実施した。

村上春樹ノーベル文学賞受賞カウントダウン・トーク配信のお知らせ

今年こそ受賞を！　と願いをこめて「村上春樹ノーベル文学賞受賞カウントダウン・トーク」配信。もし受賞ならネットを通じて全世界に地元・関西から喜びの声を流します。

ユーストリーム中継：村上春樹ノーベル文学賞カウントダウン！
配信サイト：http://www.ustream.tv/channel/haruki-murakami-nobel-prize
村上春樹ノーベル文学賞カウントダウン -haruki-murakami-nobel-prize
配信日時：二〇一二年一〇月一一日（木）一九時～二一時（予定）
講師：作家　土居豊
内容　前半：土居豊によるトーク「日本人とノーベル文学賞」
二〇時前、受賞カウントダウン
後半：①受賞の場合「ノーベル賞文学としての村上春樹」
②受賞しなかった場合「ノーベル賞残念会トーク・世界の中のハルキ文学」

各地で村上春樹講座を開講している作家・文芸レクチャラーの土居豊が、「今年こそ受賞を！」と願いをこめて、「村上春樹ノーベル文学賞受賞カウントダウン・トーク」を配信します。万が一、受賞となれば、ネットを通じて、全世界に、村上春樹の地元・関西からの喜びの声を流したいと思います。また、惜しくも受賞を逃した場合は、「残念会トークイベント」に切り替えて、世界の中のハルキ文学、について語りたいと思います。

結果は、残念ながら村上春樹受賞ならず、だったので、ユースト中継ののち、反省会と称して以下のようなブログを書いた。

ユースト中継「村上春樹ノーベル文学賞カウントダウン」の反省会

タイトルのように、今日は村上春樹ノーベル文学賞なるか？　と盛り上がった翌日、一人で反省会のつもりで書いています。

実は、昨日の私のユーストを見てくださっていた方々には大変申し訳なかったのですが、通信環境のせいで、途中で番組が途切れてしまいました。自宅から一人でユースト配信していたのですが、結局、ノーベル文学賞は村上春樹ではなく、莫言《ばくげん》が受賞しましたね。その結果については、あえてノーコメントといたします。

ちなみに、今日の日刊ゲンダイに、今回の村上春樹ノーベル文学賞騒ぎについての私のコメントが掲載されていますので、もしご興味あれば、読んでくださいましたら光栄です！

ユースト中継は、試聴数一三二八、となっています。これは、いったい多いのか少ないのか、なにぶんユーストをやるのは初めてで、わからないのですが、どうなのでしょう？　まあ、二日前ぐらいに、急遽配信を決めて、ブログやツィッターで告知しただけなわりには、けっこう見てくださったかな？　と思っています。夕食時にわざわざご覧くださったみなさま、どうもありがとうございました！

ちなみに、ユースト配信をやっている私を、報道関係の方々がカメラで撮ったり、インタビューをしてくださっていたのですが、その予定記事も、残念ながらボツのようです。

また来年、ノーベル文学賞の時期になれば、今度は会場を借りて、トークイベントをしようかな？　などと考えています。

テレビのニュースでは、東京のブックカフェにハルキファンが集まっていたり、村上春樹の母校に卒業生が集まって、カウントダウンをしていましたね。来年もまた、村上春樹の生まれ育った関西から、ひっそりと、私も一愛読者として、カウントダウンをやりたいな、と思っています。その節は、皆様、ぜひご一緒に盛り上がりましょう！


　このように、筆者自身も、二〇一二年のノーベル文学賞のときには、マスコミの受賞予想報道に負けじと、一人でユースト中継をやり、数社の新聞社の取材を受けて、意気軒昂たるものだった。一方で、マスコミで見かけるあまりの過熱報道ぶりに、いささか苦々しい思いになった。自分のことを棚に上げて、というのはわかっていたのだが、ちょっといただけない動きもあったのだ。

　それは、村上春樹氏の同級生とか、先輩後輩とか、その他もろもろの関係者と称する人々が、ニュースや新聞雑誌に、村上氏のプライベートな話題を提供していたことだ。これは、できれば今後、なるべく自粛してほしいと思うのだ。というのも、村上春樹氏は、作家になって以来、プライバシーを明かさない方針を貫いてきたからだ。

実は、筆者自身、村上文学の研究を始めたばかりの頃に、若気の至りで、村上氏のプライバシーに踏み込みすぎて、苦情を受けたことがある。それ以来、村上文学の研究を続けながらも、極力、氏個人のプライベートな話題には触れないよう、自戒してきた。

だから、氏の元・同級生や、同じ出身校の方などが、氏の個人的なことをあれこれとマスコミにしゃべっているのをみて、どうにもいやな感じがするのだ。

ましてや、赤の他人の大学教授などが、村上氏の友人でもあるまいに、勝手なことをご本人になりかわってテレビ向けにぺらぺらしゃべっているのは、本当にやめてほしいものだ。

自分自身が過去に、仕事で氏の怒りを買ってしまった体験があるから、余計にそう感じるのだ。あの人々があることないこと（たとえ事実であったとしても）マスコミに得々としゃべるのを、ご本人はさぞ苦々しく感じているだろうな、と想像する。

筆者自身にも、ノーベル文学賞の頃になると、コメントの依頼が多数きている。しかし、自分としては、氏の個人的な話題には答えないようにしている。

元・同級生などがマスコミに提供したという、小学校の卒業文集に載っている村上氏の子供時代の詩など、できればもう、マスコミは番組で使わないでほしいと思う。

このごろ、マスコミ報道の中で、小学校の卒業文集やアルバムなどの個人情報が、やたらと使われるのは、いったいどういうわけなのだろう？　自分自身、もしなにかニュースで報じられることになったとしても、子供のころの作文や写真など、ぜったいに公表されたくない。

そもそも、村上春樹のエッセイによると、あまり日本に居着かないのは、人気作家として周囲につきまとう様々な煩わしいことから逃れて、落ちついて創作に集中するためだ、とのことだ。願わくば、村上春樹が日本でも落ちついて創作に打ち込めるよう、周囲が騒ぎ過ぎないようにしたい。これは自戒もこめて、だが。

参考記事13　ノーベル文学賞　村上春樹さんの母校ため息

（『朝日新聞』二〇一二年一〇月一一日）


〈前段略〉村上さんが少年時代に通った西宮市立香櫨園小学校の図書室には、同級生や教職員ら約二〇人が集まり、発表を待った。インターネット中継で、中国の作家の名前が呼ばれると、ため息が漏れた。

小学校時代の同級生、荒井博さん（六三）＝芦屋市＝は「今年こそ、期待していただけに残念。まだ若いんだから、次がある」。最前列で発表を見守った六年の時の担任、小谷喜代子さ

校長室で発表を待つ学校関係者、OBOG、マスコミ

ん（八六）＝伊丹市＝は「あーあという気持ちだが、頑張れと励ましたい」と話した。〈後略〉

さて、その後、翌年のノーベル文学賞の発表日には、筆者はマスコミの取材陣に混ざって、二〇一三年一〇月一〇日夜、村上春樹の母校、兵庫県立神戸高校で取材した。

前年、一人カウントダウンをネット中継したように、二〇一三年にも、当日発表前にカウントダウン的な配信をしたいと考えていた。ただ、二〇一二年の場合は、ノーベル賞ＨＰのネット中継が、発表時刻の数分前からアクセス集中でサーバーダウンしたのか、全くつながらなくなった。自分自身も、ネット中継しながら結果をリアルタイムで見ることができなくなってしまい、結局、テレビの速報テロップで結果を知った、というていたらくだった。

その反省から、翌年は、ノーベル賞ＨＰを見ながらのリアルタイム中継はあきらめていた。そ

ノーベル賞コンサートの案内（公式 HP より）

http://www.nobelprize.org/events/nobel-concert/

2013 Nobel Prize Concert
Nobel Media, in association with the Stockholm Concert Hall, presents the Nobel Prize Concert – an event of world class stature. The concert will be held on 8 December as part of the official Nobel Week programme of activities.

Riccardo Muti will be conducting the Royal Stockholm Philharmonic Orchestra in a programme comprising Verdi's "Le quattro stagioni" from Act III of I vespri siciliani (the Sicilian Vespers), Martucci's Notturno Op. 70: 1 and Respighi's Pines of Rome.

のかわり、村上春樹ゆかりの場所のどこかから、現場中継をしようと計画していた。

結果的には、母校・神戸高校での関係者取材をしながら、結果発表を見物していたので、ネット中継はうまくいかなかった。

ところで、ノーベル賞受賞については、ストックホルムで記念コンサートがある。二〇一三年はなんと、名指揮者リッカルド・ムーティが指揮をしたとのことだ。もし村上春樹がノーベル文学賞をとっていたとして、授賞式には姿を現さない可能性もあるだろうけど、この受賞コンサートは、きっと会場のどこかでこっそり聴くのではないか？　などと勝手に想像して、楽しんでいる。

さて、最後に、負け惜しみではあるが、「村上春樹ノーベル文学賞受賞時の予定コメント」を書いておこう。例年、関西の新聞社数社に取材されるが、おおむね以下のようなコメントを預けておくことにしている。もし、村上春樹が受賞したら、新聞にコメントが載るはずなのだ。

「村上春樹のノーベル文学賞受賞について」（予定コメント）

村上春樹はとるべくして受賞した。すでに日本人は小澤征爾が音楽で世界の頂点にたっている。遅れること数十年、やっと文学でも世界の頂点を極めたといえる。

わかりやすくいうと、世界中どこのＣＤショップにもセイジ・オザワのＣＤがあるように、いまや、世界中どこの書店にもハルキ・ムラカミの本がある。オザワがなぜ世界中で聴かれているかというと、もちろん演奏のすばらしさは折り紙付きだが、なによりオザワの指揮が、難解に思われがちなクラシック音楽の間口を広げたからである。

同じように、ハルキの小説は、深遠なテーマをわかりやすく噛みくだいて、誰でも読めるよう間口を広げたところに、世界で愛読される理由があるのだ。

つけくわえると、日本の小説家で、特に阪神間文化が育てた作家は、欧米で読まれやすいという特徴がある。古くは谷崎、川端、井上靖がいる。村上春樹もまた、阪神間が育てた作家の一人であり、その小説は、文体にも描写にも、阪神間独特のスタイリッシュな空気感が漂っている。

阪神間モダニズムの文化から、戦前にはすでに貴志康一、大澤寿人という作曲家／指揮者が、ベルリンやパリで活躍していた。戦後は、朝比奈隆から最近の佐渡裕まで、関西の音楽家が欧米で第一線の演奏を繰り広げている。近代日本で唯一、本当のブルジョワ文化が花ひらいた阪神間文化の、最後の生き残りといえる村上春樹が、文学の世界で国際的な第一人者となったのは、その背景を考えると、むしろ当然のことに思えるのだ。

（参考「村上春樹による小澤征爾インタビュー」『モンキービジネス』2011Spring vol13　ポール・オースター号）

第2章 村上春樹氏講演見聞記

二〇一三年五月、京都大学にて行われた村上春樹講演会を取材した。現実の村上春樹の姿から受けた印象を語り、これまでメディアが作り上げた虚像を打破する。素顔の村上春樹とは？

1　当った！　村上春樹講演！

（筆者の二〇一三年ブログ記事より）


抽選なので、当るとは思っていなかった京大での村上春樹講演会、当りました！

これで、今年の幸運を全て使い果たしたかな？

それはともかく、村上春樹作品の研究者としては、生で作者の話を聴くというのは、またとない機会です。

というのも、村上さんは、取材申し込みをしても、なかなか応じていただけません。

講演会詳細（当選通知メールより）

〈河合隼雄物語賞・学芸賞　創設記念〉
『村上春樹公開インタビュー in 京都――魂を観る、魂を書く』
公演情報
会　場　　京都大学　時計台記念館　百周年記念ホール
受付名称　　抽選受付
結果確認期間　2013/04/23(火) 13:00 ～ 2013/04/23(火) 20:00
第１希望
抽選結果　　ご用意できました
公演日時　　2013/05/06（月・祝）13：30 開場 15：00 開演
席種・料金　全席指定 1,000 × 1 枚［チケット料金］

村上作品の研究者を名乗っていても、実はこれまで一度もお会いしたことがなかったのです。

もっとも、一度だけ、新宿の紀伊国屋書店で、そっくりな人を目撃したことはあります。そのときは、村上春樹によく似た人が、Tシャツとランニングパンツといった姿で、文芸書の書棚をさっと見てまわっていたのです。声をかけようか、と思う間もなく、その人はさっさと別の書棚の方に急ぎ足で行ってしまいました。果してご本人だったのかどうか？　もしかしたら、そっくりさんだったかもしれません。

ともあれ、村上春樹さんは、国内ではこれまで、公式に講演会やサイン会をほとんどやったことがないのです。今回は、生「ハルキ」を見られる貴重なチャンスなので、ぜひ行きたかったのです。けれど、チケットは抽選なので、こればかりはどうしようもありません。（もしかしたら、マスコミ取材は席を確保しているのかも？）

せっかく当ったので、ぜひ質問をしてこようと思います。またご報告しますね！

2　特別寄稿「村上春樹　魂のいちばん深いところ」（「考える人」二〇一三年夏号）を読んで

今年の五月に京都大学で行われた村上春樹講演会に、たまたま抽選であたって（チケット一〇〇〇円）、参加してきた。そのときの、村上春樹の講演の内容は、後日、マスコミ各社が紙面で概要を掲載した。これは、講演の同時中継をマスコミ各社で速記して、あとで文字起こししたものの要約、という形で掲載されている。だから、村上春樹が語ったことばそのままではなく、あくまで速記者の記録した概要だった。

今回、以下のように、村上春樹本人による寄稿という形で、冒頭のスピーチ全文が発表されている。これを読むと、当日、村上春樹が語った言葉だけでなく、その口調や声の響きがありありと記憶に蘇ってきて、以前、新聞紙面に載った概要は、ずいぶん、ニュアンスが違っていた部分もあったなあ、と改めて思った。

講演会の受付

ちなみに、講演主催者の河合隼雄財団代表理事の河合俊雄氏から

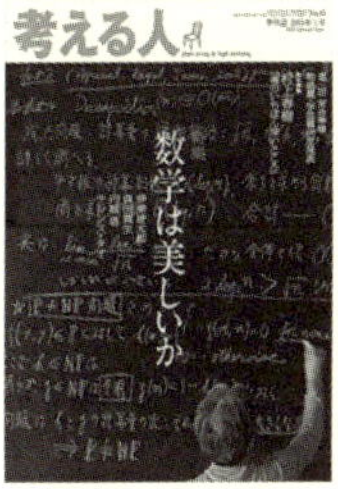

「考える人」2013年夏号

第1回 河合隼雄 物語賞・学芸賞 決定発表
選評
受賞のことば
西加奈子　藤原辰史
特別寄稿
村上春樹　魂のいちばん深いところ

は、メールで、講演参加者に、上記の「考える人」掲載について、アナウンスがあった。以下、そのメールを引用する。

二五分間にわたった実際のスピーチは、前置きやサイドコメントなどがあってもう少し長かった印象がありますが、重要なところは全て活字化されていると思います。

河合隼雄とのプリンストンでの出会いとその時の印象、「河合先生」と呼ぶように二人の間には「小説家」と「心理療法家」との間の緊張感のようなものがあったこと、そして何を具体的に話したかは覚えていないけれども、何かを二人で共有していたという「物理的な実感」があって、それが「物語」というコンセプトであったと述べられています。

このような要約では微妙な言葉の動きや、村上春樹さんの河合隼雄に対する深い想いを伝えるべくもないので、興味のある方は是非とも特別寄稿をお読みください。

（講演会主催者、河合隼雄財団代表理事、河合俊雄氏のメール文）

このように、主催者の河合氏ご自身も、村上春樹講演の内容について、村上春樹本人が書き起して寄稿の形で発表したことを、喜んでいるようだ。

村上春樹の小説やエッセイの文章以外に、スピーチやインタビューなどの公の場で語った言葉が、近年、新聞雑誌だけでなく、単行本の形でも発表されるようになった。それらで語られている村上春樹の発言は、小説の読者にとって、小説読解の参考になるというのはもちろんである。

それだけでなく、世界的に読まれている作家としての村上春樹の発言が、実際には、日本国内でよりも、海外のメディアでより多く、発表されている現状を、もどかしく感じていた愛読者にとっても、大いに渇きを潤すものだと思う。今回の寄稿文も、実際に講演を聴きたくて聴けなかった多くの村上春樹の愛読者にとって、本当にすばらしいものに仕上がっていると思うのだ。

ちなみに、普通、作家のインタビューや講演の発言を、メディアが掲載したり、活字で発表するときには、録音されたものをライターがテープ起こしして、その下書きを作家本人が確認し、校正を経て、公表されるというパターンがほとんどである。自身の講演やスピーチを、自分で改めて書き起こして、寄稿する作家も、中にはいるだろうが、それほど多くはないだろう。その意味でも、今回の、村上春樹自身によるスピーチの書き起こしは、作家としての良心の顕われであると感じる。

以前、新聞紙面などで、マスコミが書き起したスピーチ概要を読んだ方も、ぜひ、今回の作家本人による寄稿を、読んでいただきたいと思う。というのも、村上春樹の京大講演会で語られた（と称する）言葉が、近刊『多崎つくる』の作品読解に援用されているからだ。特に、村上春樹が語ったとされる「魂のネットワーク」という単語が、『多崎つくる』の主人公の生き様に、かなり強引に結びつけられる傾向があるように思われる。

しかし、この寄稿を読んでいただければわかると思うが、「魂のネットワーク」というような、ある意味、宗教観を感じさせる単語は、今回のスピーチと、それに続くインタビューの中で、作家と読者の間に生じる一種のシンパシー、共鳴というような話題の中で言われた言葉である。その言葉を、特定の小説の、主人公への読者の共感の有無、といったような限定的なシチュエーションに援用するのは無理があると考える。つまり、村上春樹の講演の中の、単語一つを取り出して、作品論の根拠に援用するのは、強引すぎるのではないか、ということだ。講演で語られた言葉も、その前後関係の文脈があり、単語一つを取り出して、あれこれ論じるのは、意味がないのではないか、と思うのだ。

『多崎つくる』の主人公についての読者自身の感想と、村上春樹が語ったとされる一つの単語を結びつけて、それを読者個人の生き方と関連づけてあれこれ非難している発言もネット上にはあるが、そういうものは村上春樹の作品にも、作家本人にも、何の関係もない、個人的なストレス発散だと思わざるをえない。ましてや、Amazonレビューにみられるような、明らかに村上春樹作品を読んでいないとわかる単なる罵詈雑言は、昨今、ネット上でよく炎上する有名人叩きの言動と、根本は同じだと考えている。どうか、村上春樹という「有名人」を叩いてストレス発散するよりも、今回の「考える人」の寄稿文を一読してみてほしいと思うのだ。

3　村上春樹講演会便乗商法

これにはあきれた。京大での村上春樹講演会を聴けなかったファンから、便乗商法で儲けよう、というのは、どうなんだろう?

参考記事1　【番外】京都大学へ、村上春樹に会いにいく前篇

二〇一三年五月六日、京都大学で作家・村上春樹の公開インタビューが開催されました。村上作品の愛読者であるブロガーの伊藤聡さんは、そのチケットを握りしめ、京都へ飛びました!　今回は「およそ一二〇分の祝祭」の番外として、村上春樹の公開インタビューについて綴られたものの前篇です。会場に足を運べなかった人は、こちらでお楽しみください。

〈中略〉

「うーん、やっぱりこういうのって僕の柄じゃないから、止めますね」などと言いわけしつつ、京都駅から新幹線に乗ってどこかへ消えてしまったらどうするのだろう。
（以降は有料記事となっています）

村上春樹の講演会をたまたま聴けることになった人のレポートなのだから、ケチケチせず、無料公開したらどうだろう？　というのは、この人、単に村上春樹の講演会のチケットを運良くゲットしたというだけで、この人が当らなければ、もっと熱烈な愛読者の人が講演を聴けたかもしれないのだ。この点については、講演会の冒頭で、主催者も、会場の聴衆に一言、述べていた。「あなたがたは世界中の村上春樹愛読者の代表として選ばれたのだ」と。

だからこそ、たまたまゲットした幸運を、世界中の愛読者に無料でシェアしようと、この人は思わなかったのだろうか？　あるいは、この記事を掲載しているサイトの管理者が、村上春樹の講演会のレポートの「公益性」を、理解しなかったのだろうか。もっとも、公益性といえば、朝日新聞は、村上春樹の新刊のレビューまで有料記事にしてしまっているのだ。そういう風潮なのだろうから、目くじら立ててもしょうがないかもしれない。もっとも、もし朝日新聞の記者が、この講演会のチケットに当って、講演レポートを書いて朝日紙面に載せるとしたら、やっぱり、朝日は有料記事にしたかもしれない。

参考記事2　村上春樹氏新刊「超速」レビュー　人生取り戻す男の物語

【編集委員・吉村千彰】村上春樹氏の三年ぶりの長編「色彩を持たない多崎つくると、彼の巡礼の年」は、自らの人生をつかみ直そうとする男の物語だ。

〈中略〉

前述の三作と、似たような匂いがするではないか！　わくわく感を抑えきれず、ページをめくった。

（以降は有料記事となっています）

これらに対して、今回の講演会の主催側は、実に真摯な姿勢だった。というのは、チケット応募者に、次のようなメッセージと、講演概略を書いたメールを、送ってきてくれたのだ。

〈河合隼雄物語賞・学芸賞 創設記念〉

『村上春樹 公開インタビュー in 京都――魂を観る、魂を書く』

抽選受付にてご応募いただいた方へ主催者からの御礼のメッセージを、イープラスよりお送りしています。

> 河合隼雄財団代表理事の河合俊雄です。
> 先日は五月六日に京都大学百周年記念ホールで行われた「村上春樹 公開インタビュー in京都――魂を観る、魂を書く」にご応募いただき、誠にありがとうございました。
> おかげさまで本当に多数の方に応募いただきましたが、そのために多くの方は抽選に外れ、チケットが行き渡らない結果になったことをお詫び申し上げます。
> 参加することができなかった方も、多くの報道を通じてご存じかもしれませんが、簡単に報告させていただきます。（以下、講演概略は省略）

チケットに応募した方々で、運悪く当らなかった人も、このメールをみて、誠実な運営姿勢に、少し心慰められたのではないか、と思う。この運営側の姿勢を見習って、前述のウェブサイトの管理者は、講演会のレポートを世界中の村上春樹読者に向けて、無料公開したらいかがかと思う。

当該のサイトは定額課金（週一五〇円）の有料コンテンツサイトだそうだが、別に他の記事は読みたくない。ただ、村上春樹講演会を聞いた人の感想を読みたいだけなのだ。この講演会に応募して落選した人の多くは、実際に聞いた人の報告をちょっとでも読みたいのではないだろうか。なにしろ、当該記事には、「村上春樹の公開インタビューについて綴られたものの前篇です。会場に足を運べなかった人は、こちらでお楽しみください」と宣伝がついている。講演会に行けなかった人にはたまらない記事だろう。もっとも、講演会の概要は、すでにマスコミ各社が公表しているので、講演会の聞き書きが読みたいわけではないと思う。それでも、せめて、実際に講演を聞いた人の感想をシェアしてほしい、というのがファンとしての人情ではないだろうか？　講演会主催者でさえ、あとで応募者全員に講演報告文をメールしてくれているのだから。

ちなみに当該記事の筆者は筋金入りのハルキファンだそうだ。であれば、なおさら、「全世界の」ハルキファンの中から選ばれて、幸運にも生のハルキに接した体験を、ファンみんなにシェアしてほしいものだと思う。

4　村上春樹のボストンマラソン・テロへの寄稿について（筆者の二〇一三年ブログ記事より）

二〇一三年五月に京大で行われた村上春樹講演会に行ってきたが、その前に、ニューヨーカーに掲載された村上春樹氏のボストンマラソン・テロへの寄稿文を読んで、あれこれ考えていた。

その全文は、以下のサイトで読むことができる（英文）。

MAY 3, 2013
BOSTON, FROM ONE CITIZEN OF THE WORLD WHO CALLS HIMSELF A RUNNER
POSTED BY HARUKI MURAKAMI
(http://www.newyorker.com/online/blogs/books/2013/05/murakami-running-boston-marathon-bombing.html)

さて、村上春樹氏がこれまで、いくつかの事件や災害について、海外のメディアに寄稿した文章や、海外での講演で語った内容は、日本国内では、間接的に報じられているだけだった。

そこで、今回、京都で村上氏が講演するということで、海外での発言のような時事的話題を期待するむきもあったようだ。

けれど、今回の講演で村上氏は、時事的話題には一切触れなかった。おそらく、村上氏は、海外メディアで発表された自身の時事的発言が、日本ではどう受け止められているか、よくご存知なのだと思う。たいてい、その発言内容の一部がピックアップされ、恣意的に解釈されてセンセーショナルに報じられている場合が多かったのを、苦々しく感じていたのかもしれない。だから、日本国内で時事的発言をすることは避けたかったのだと思う。

今回の村上春樹氏の講演で最も強く感じた印象は「この人はすごく周囲に気を遣う、やさしい人だな」ということだ。これは世間で語られている村上春樹像とはかなり違う印象だと思う。

さて、以下は、私なりに村上氏のボストンマラソン・テロへの寄稿文を読んだ感想である。

この寄稿文の核心は、以下の部分だろうと思った。

It may take time, but time is our ally.
それは時間がかかるかもしれませんが、時間は私たちの味方です。

この箇所で村上氏が述べているのは、おそらく、心身に傷を受けた人が「傷を隠したり、劇的な治療法を探しても、真の解決策にはつながらないでしょう。（原文：Hiding the wounds, or searching for a dramatic cure, won't lead to any real solution.）」ということなのだと思う。この言葉は、今回のボストンマラソン・テロの被害者の方々に向けて語られたのであると同時に、それ以外のいくつもの事件、事故、災害、戦争の被害者に向けて語られている、と受け取れる。このことは、村上春樹の『多崎つくる』の中で描かれた、主人公・つくるの受けた傷と、その傷からの逃走、そして長い年月の末の巡礼、という物語に通じると思う。

村上春樹氏が時事的問題にコメントする内容は、なにかと日本国内で物議をかもす場合が多いようだ。しかし、おそらく村上氏の発言には、含みというものはなくて、自身の小説で書いた物語の中の言葉と、同じ言葉で語っているのだろう、と筆者は考える。

『多崎つくる』の物語の中で語られる言葉は、もちろん小説の中での言葉だが、それを読者が文字通り受け取ったとしても、それはそれでいいのだと思う。小説の言葉のいいところは、公の発言やコメントと違って、読者が望むように受け取ることができる点にある。

だから、『多崎つくる』の中の言葉について、たとえば今回の講演の中でも、質問者が小説に登場する「悪霊」について、ドストエフスキーの引用なのかと質問していたが、これは、文字通りの「悪霊」だと受け取ってもいいし、あるいは、ドストエフスキーの『悪霊』のメタファーだと受け取ってもいいのだ。ちなみに、村上氏ご自身は、「文字通りの悪霊」だと言っていた。

でも、作者がそう言ったからといって、読者はそう読まなければならない、ということはない。小説は読者のものであり、村上氏が講演で言ったように、作者は「テキストを読者に提供する」だけ、ということなのだ。だからこそ、村上氏は、公の場での発言やコメントに慎重なのだろう。村上氏の考えや真意は、小説の中に書かれている、と筆者は思う。

第3章　アフターダークからはじまる新時代の倫理——暴力の系譜

『アフターダーク』
(2004、講談社)

1　村上春樹作品における暴力の系譜

村上春樹の作品で初めて直接的な暴力描写を描いた『ねじまき鳥クロニクル』以降、『海辺のカフカ』を経て、『アフターダーク』は、まるで村上龍の小説を髣髴とさせる不気味な暴力描写が特徴的である。この作品以降、村上作品には『1Q84』でも、『多崎つくる』でも、暴力描写が頻出するようになる。デビュー以来、常に時代を先取りして描いてきた村上作品は、二一世紀の暴力性を予告するかのように、新たな暴力の現れ方を描いていくのだろうか。

村上春樹の小説は、デビュー当初、「セックスと死を描かない」新しい小説、という書き方が、おしゃれなイメージを醸し出して、時代の最先端といった位置づけをされた。セックス抜き、死人抜き、というのは、まさしくデビュー作『風の歌を聴け』の主人公の一人である「鼠」が書く小説の特徴であり、作者自身も、そのモットーを実践しようとしたかにみえる。だが、実際は、そううまくはいかなかった。

村上春樹がデビュー小説とその続編を書いて、第三作目で物語を重視する方向に転換したときから、暴力と性の問題は、村上作品から切り離せなくなったといえる。

第一作『風の歌を聴け』とその続編『1973年のピンボール』のように、物語性に背を向けた小説を書き続けるなら、あるいは暴力と性を一切書かないというのも可能だろう。しかし、第三作『羊をめぐる冒険』のような物語小説を書くからには、暴力と性の問題を無視するのは非常に難しいからだ。

つまり、物語というのは、人間の心の奥底にある根源的ななにかを、容赦なく暴きだす力をもっているので、人間の本能的な部分を無視して書こうとすることは、物語性に背を向けることになる。だから、村上春樹の小説、特に長編作品は、世間の評価とは裏腹に、作品の根底に、物語の原点である暴力と性の問題を色濃く持っている。例えば、村上春樹が小説の方向性を確立したといわれている第三作『羊をめぐる冒険』には、圧倒的な暴力性の象徴である謎の羊と、性的な力を象徴する「すてきな耳の彼女」が、主人公の「僕」以上の存在感をもって描かれている。

続く第四作『世界の終りとハードボイルド・ワンダーランド』は、まさに暴力と性をめぐる小説で、のちの地下鉄サリン事件を予告した作品として、作者自身も認める重いテーマを背負った小説だ。そして村上春樹を大ベストセラー作家に押し上げた『ノルウェイの森』にいたっては、「暴力と性」がテーマになっている。その後の村上作品をみても、村上春樹の長編小説は、現代日本文学の中でも特筆されるほど、暴力と性を描いている作品群なのだ。

中でも、見逃せないのは『アフターダーク』である。この小説は、村上作品の長編の中では、異色の一作といえるだろう。なぜなら、この小説は、語りが三人称であり、しかも語りの視点は、登場人物の視点ではなく、俯瞰、鳥瞰するカメラのような視点が設定されている。例えば、次のような叙述である。

目にしているのは都市の姿だ。

空を高く飛ぶ夜の鳥の目を通して、私たちはその光景を上空からとらえている。広い視野の

中では、都市はひとつの巨大な生き物に見える。（村上春樹『アフターダーク』講談社　p.3）

これは、いわゆるヌーヴォーロマン風、実験小説のような書き方だといえよう。そのせいだろうか、村上作品の中でも『アフターダーク』については、批評や話題に取り上げられることが非常に少ない。というより、どう語るべきか、読者が困惑している、評者も扱いかねている、といった印象だ。この稿を書く前に、ネットで公開されている「アフターダーク」評もいくつか目を通したが、特に年齢層の高い、つまり作者と同年代に近い評者ほど、この作品をどう読んでいいのか困っている感じだった。所詮は実験作、だからあまり触れないようにスルーしてしまおう、という話の流れになっているのではないか、とも思えるほど、この小説の論じられ方は、両極端だ。

一方は、今述べたような、「つまりは実験作」なので、難解であり、一般受けはしないだろうし、読んでもいまいちわからない、なのでまあ、読みたければどうぞ、というような扱いだ。

もう一方は、逆に、これぞ村上春樹がまだ最前線の作家である証しであり、世界の（おそらくは高級な）読者に向けて書かれた前衛小説であり、こういう小説を書くからこそ村上春樹は多数の国で翻訳され、高く評価されているのだ、というような、ちょっと持ち上げすぎの扱いだ。

筆者の考えでは、このどちらも違っている。そんな大げさな話ではなく、この『アフターダーク』は、まごうことなきホラー長編だ。それも、血みどろのホラーや、単純なオカルト・ホラーではなく、心理的、精神的恐怖をつきつめたサイコ・ホラー作品である。つまり、この作品は、人間が内面にもつ暴力を心の奥に探り、恐怖を描き出した小説だといえるのだ。

これまで、村上春樹は、ホラー的な小説をいくつも短編で書いてきた。なかでも、短編集『TVピープル』所収の諸作は、短編ホラーの傑作ばかりだ。その村上作品の中で、珍しくも長編でホラー世界を創り出したのが、『アフターダーク』なのだ。

具体的にみていこう。『アフターダーク』の叙述は、大きく二つに分かれる。一つは、カメラ目線の俯瞰的、鳥瞰的な叙述をする冒頭部分を引き継ぐ章で、一連のこれらの部分では、物語と一見無関係に奇妙な幻想的な情景が描かれる。

> 私たちはひとつの視点となって、彼女の姿を見ている。あるいは窃視しているというべきかもしれない。視点は宙に浮かんだカメラとなって、部屋の中を自在に移動することができる。今のところ、カメラはベッドの真上に位置し、彼女の寝顔をとらえている。(同 p.35)
>
> 眠っている女は、そのような室内の異変に気づいていないようだ。テレビの発する無遠慮な光や音にも、まるで反応を示さない。設定された完結性の中で、ただひっそりと眠り続けて

いる。今のところ何ものも、彼女の深い眠りを乱すことはできない。テレビはこの部屋への新たな侵入者である。（同　p. 41）

仮面の男がかたちのない目で見つめているのはやはり、こちら側のベッドで眠り続けているエリの姿だ。というか、彼は最初から一貫して、彼女の姿だけを眺め続けてきたのだ。その事実を私たちはここでようやく理解することになる。彼にはこちらを見通すことができるのだ。テレビの画面は、こちら側の部屋に向かって開いた窓として機能している。（同　p. 72）

のちに、これらの部分が、物語の核心を明らかにしていくという構造で、プロットが組み立てられているので、ミステリー仕立ての作品だともいえるだろう。

もう一つは、主人公格の若い男女二人を描く章である。これらの章では、一般的なリアリズム小説に近い叙述で、二人の出会いから丁寧に描いている。

彼は声をかける、「ねえ、間違ってたらごめん。君は浅井エリの妹じゃない？」

彼女は無言だ。庭の隅の茂りすぎた灌木を眺めるような目で、相手の顔を見ている。

「前に一度会ったよね」と男は続ける。「えーと、君の名前はたしかユリちゃん。お姉さんと一字違いなんだ」

彼女は用心深い視線を維持したまま、事実を簡潔に訂正する。「マリ」　（同　p. 9-10）

実際、これらの章だけを抜き出して読んでも、ストーリーは十分追うことができる。しかし、それだけで終わる作品ではないということは、以上二つの異なった叙述形式を交互に組み合わせていることでも、明らかだろう。

では、小説の内容はともかく、叙述の問題をもう少しみていきたい。そもそも、村上春樹の小説は、デビュー作『風の歌を聴け』以来、一人称の「僕」語りで、基本的にハードボイルド小説の叙述を踏襲する作品が多かった。それが、本作では珍しく、完全な三人称視点の語りで、しかも、作者と読者を作中に持ち込むような、メタフィクション風の叙述までやっている。それだけでも村上作品としては異色だが、さらにこの小説には、これまで村上作品にほとんど登場したことのないような暴力団的な人物や、明らかに暴力事件を起こしている犯人のような人物まで登場する。小説の中で暴力を描くとき、暗喩的な描写だったり、におわせる程度で済ませていた初期の村上作品からは、非常に異なった作風だといえる。作品の舞台も、渋谷の裏通りのラブホテルであり、一見、村上龍の小説を思わせるような、生々しい風俗小説的描写が頻発している。

二人はデニーズの外に出る。この時刻になっても、外の通りはまだ相変わらずにぎやかだ。ゲームセンターの電子音、カラオケ・ショップの呼び込み。バイクの排気音。三人連れの若い男が、何をするともなく閉まったシャッターの前に座り込んでいる。マリとその女が通り過ぎていくのを、彼らは顔を上げて興味深そうにじっと眺める。たぶん奇妙な組み合わせに見えるのだろう。でも何も言わない。ただ眺めているだけ。シャッターはスプレーペンの落書きだらけだ。

（同　p. 47-48）

二人はホテル「アルファビル」の入り口の中に入る。客は玄関で各室内のパネル写真を見て好みの部屋を選び、番号ボタンを押して、キーを受け取る仕組みになっている。そのままエレベーターに乗って部屋に行く。誰かと顔を合わせる必要もないし、口をきく必要もない。休憩料金と一泊料金の二種類がある。

（同　p. 50）

このようなリアリズム小説的な章と、前述の、完全に前衛小説風のカメラ視点の章が交互に組み合わされることで、作品は多層構造となっている。そのために、リアリズム小説的な部分も自動的に相対化されて、きわめてメタフィクション小説に近くなっているのだ。

思うに、村上春樹はリアリズム描写を用いたホラー風小説の手法を、すでに短編で確立しているので、ホラー作品をさらに第三の視点から描き直すことで、メタフィクション化したのではなかろうか。さらに、エピソードを短編小説風に積み重ねる部分と、それらのエピソードをメタフィクション的に組み直す部分を、交互に組み立てることで、本来は短編のホラー小説であるものを、長編に作り替えた、といえよう。

次に、内容面から『アフターダーク』のホラー的魅力を読みとってみよう。この小説がホラーであるのは、以下の点による。

（1）物語の悪役がサイコパス的な不気味な人物であること
（2）理不尽で無差別な暴力が行われること
（3）ヒロインの一人が謎の昏睡、謎の監禁状態にあること
（4）事件の経緯や、登場人物のおかれた情況が、不可解、不条理であること

そして、この小説では、ホラー作品の常套である、危機に陥るヒロインと、それを救う主人公、という構成を模している。厳密にいうと、危機に陥るのはヒロインではなく、ヒロインの分身のような姉妹なのだが、この二人は、同じ人格の表裏一体のように描かれているので、いわばダブルヒロイン、双生児ヒロインであるとも解釈できる。そもそも、このヒロイン姉妹の存在自

体が、この小説の中では謎になっていて、その正体を主人公が探っていくという、ミステリー的構成にもなっている。

謎といえば、ヒロインを脅かすサイコパスの存在も、謎のままである。この悪役、モンスター的な登場人物は、見た目はごくまともな市民であるようで、実は無差別で理不尽な暴力の行使者だというところに、この小説のホラー的な勘所がある。つまり、悪の恐怖は一般市民の外見の下に隠れていて見抜けない、という辺り、この小説は、『羊たちの沈黙』から『悪の教典』につらなる、サイコキラーものの系譜にある、といえるだろう。かつて、スティーブン・キングのモダン・ホラー小説を論じたエッセイを書いた村上春樹が、今度は、モダン・ホラーの豊富なノウハウを転用して、サイコ・ホラーを書いたのだ、と考えると、この小説を、小難しく考えずに、楽しんで読めるのではなかろうか。

2 『アフターダーク』における新しい時代の、新しい倫理の試み

一方、『アフターダーク』では、ヒロインを助ける役どころのタカハシ青年が、新しい倫理観の萌芽を体現する様が描かれている。「ゆっくり歩け、たくさん水を飲め」という彼の信条は、かつて村上作品の「良心」を体現したバーテンダーのジェイ（『風の歌を聴け』三部作）が語っ

た言葉である。


「いいよ。歩こう。歩くのはいいことだ。ゆっくり歩け、たくさん水を飲め」

「何、それ?」

「僕の人生のモットーだ。ゆっくり歩け、たくさん水を飲め」

(村上春樹『アフターダーク』講談社　p. 203)


『アフターダーク』以降の村上作品では、常に新しい倫理観の発露が、激しい暴力描写や性描写に対置されて、新時代の生き方を模索する試みがなされている。

『アフターダーク』の主人公はヒロイン姉妹だといえるが、もう一人の主人公、タカハシ青年は、読者にとって感情移入しやすい登場人物ではなかろうか。なぜなら、タカハシは、この物語の中で、ほぼ語りの視点に近い立ち位置にある。

これまでの村上作品であれば、このタカハシのような青年が「僕」という一人称語りで小説を進行させるだろう。村上作品の定番の語り手兼主人公、がこのタカハシなのだ。

それなら、このタカハシを語り手にせず、あえて主人公の一人として三人称で語ったのはなぜか?　ここには、小説の成り立ちの根本的な相違がある。『アフターダーク』では、三人称語りにしたことで、より多くの場面構成が可能になった。

この小説では、いくつもの場面が設定され、それぞれの場面で同時進行的に物語が描かれている。これはまったく映画のカメラワークの手法を小説に応用したもので、だから、語りの視点はあくまで神の視点であり、登場人物の言動、行動、思考の全ては作者の手の内にある。読者もまた、作者の手の内にあって、神の視点に従って、物語の進行を順次みせられることになる。この小説でのタカハシの立ち位置は、主人公の一人でありながら、主要な行動をとるのではなく、あくまで傍観者、観察者、批評者、解説者としての役割を担っている。


「いや、そうじゃなくて、好奇心っていうか、頭にふと浮かんだことを声に出しただけだよ。君が答える必要はない。ただ自分に問いかけているんだ」

そしてまたチキンサラダにとりかかろうとするが、思い直して話を続ける。

「僕には兄弟がいないんだ。だからさ、ただ純粋に知りたかったんだよ。

（同 p. 22）


いずれにせよ、こっちには関係のないことだ、と高橋は自分に言い聞かせる。それはおそらく、都会の裏側で人知れずおこなわれている荒々しく、血なまぐさい行為のひとつなのだ。違う世界の、違う回線を通して伝えられるものごとなのだ。こっちは通りがかりの人間に過ぎない。

（同　p. 258）

だから、これまでの村上作品のように、タカハシが語り手となれば、この小説の場面の全てに彼を立ち会わせなければならないし、そうなると、この物語がホラーであるという性質上、タカハシ自身も行動をとらなければならなくなる。そうなると、タカハシの観察者としての役割が十分果たせなくなるだろう。あくまで、この小説でのタカハシは、観察者、解説者として、主人公たちの行動を批評する役割を果たすことで、この小説をすぐれて批評的な作品に仕上げることに成功しているのだ。

次に、その実例をみていこう。

タカハシは、登場したときからすぐ、ヒロインの観察者としての役割を果たし始める。ヒロイン姉妹の一人、妹のマリは、一見、平凡な普通の十代の女性だが、タカハシの誘導尋問のような会話によって、その非凡さがどんどん明かされていく。

「でも君なら大丈夫だよ。うまくやれる。僕もここで帰りを待ってるし」

マリはうなずく。

高橋は言う、「君はとてもきれいだよ。そのことは知ってた？」

マリは顔を上げて高橋の顔を見る。

（同　p. 275-276）

また、同時に、タカハシが話題に出すことで、もう一人のヒロイン、その場にいない姉のエリの、実に不可思議な事実も明らかにされていく。

「エリは今、眠っているのよ」とマリは打ち明けるように言う。「とても深く」
「みんなもう眠ってるよ、今の時間は」
「そうじゃなくて」とマリは言う。「あの人は目を覚まそうとしないの」

（同　p. 188）

また、タカハシは、まるで狂言回しのように、ヒロインのマリを、奇妙な事件に巻き込んでいく。タカハシがマリを紹介することで、マリは渋谷のラブホテルのオーナー、カオルという女性と結びつけられる。その結果、マリは、思いがけない運命の変転に進んでいくことになるのだ。
また、タカハシは、どういうわけか、悪役であるサイコパスの男と、コンビニの牛乳を通じてニアミスをする。しかも、そのコンビニに男が置いていった携帯電話を通じて、マフィアとも偶然つながってしまう。タカハシの意図せざることだが、その携帯電話は、マリとカオルが関係した事件とつながっていたので、間接的に、タカハシの存在がマリとサイコパスの男をつないでしまうことになる。

白川はまっすぐ牛乳のケースの前に行って、タカナシのローファット牛乳のパックを手にする。賞味期限の日付を確認する。大丈夫。ついでにプラスチックの大きな容器に入ったヨーグルトも買う。それからふと思いついて、コートのポケットから中国女の携帯電話を取り出す。

（同　p. 199）

それから牛乳のパックを手に取って、ほかのものと日付を見比べる。牛乳は彼の生活にとって大きな意味を持つ食品なのだ。どんな細かいこともおろそかにはできない。

ちょうどそのとき、チーズの棚に置かれていた携帯電話が鳴り始める。

（同　p. 256）

それは、やがて訪れるかもしれない悲劇の可能性を示唆するようにも読み取れる。

つまり、タカハシは、決してヒロインにとっての守護者ではなく、むしろ、ヒロインの批判者、ヒロインの姉妹のどちらにとっても、避けがたい対立をもたらす働きを、無意識的に行うのだ。タカハシは、この小説のほとんど全ての人物と、間接的につながっているが、それはもちろん、作者の意図的なものだ。そういうメタフィクション的な人物であるタカハシは、作者になりかわって、主人公たちを批評し、そして作品のテーマ的なことまで言い放つのだ。その最たるものが、かつてジェイ（『風の歌』三部作）が語ったのと同じ、「ゆっくり歩け、たくさん水を飲め」という言葉である。

村上作品の登場人物には、何人か、きわめて倫理的な発言をする人物が、常に登場し、作品の中で善悪のバランスをとろうとする。デビュー作から三部作すべてに登場し、主人公たちの導き手となる老バーテンダーのジェイは、その原型である。タカハシは、ジェイの後継者のように、『アフターダーク』の殺伐とした世界に倫理観の基軸を持ち込み、善悪のバランスを回復しようとしている。

3　3・11と原発事故後、目立ってきた村上作品の倫理観

『アフターダーク』の世界では、圧倒的に悪のイメージが人々の心を蝕んでいる。主人公の姉妹、マリとエリも、美しい見かけとは違って、内面を複雑な悪意や猜疑心、嫉妬心、恐れ、欺瞞などに侵蝕されているようにみえる。

「友だちもできなくて、いじめみたいなこともあって、それで小学校三年生のときに学校に

行けなくなってしまったんです」

「登校拒否？」

「学校に行くのが嫌でたまらなくて、朝になると食べたものを戻したり、すごくお腹をこわしたりして」

（村上春樹『アフターダーク』講談社　p. 78）

高橋は続ける。「僕と話をしているあいだ、浅井エリはありとあらゆる種類の薬を飲んでいた。プラダのバッグの中が薬品でいっぱいで、ブラディーマリーを飲みながら、ナッツを食べるみたいに薬をひょいひょい飲むんだ。もちろん合法的な薬だと思うけどさ、それにしてもあの量はまともじゃないよ」

（同　p. 174–175）

ヒロインの二人だけでなく、基本的に善意で動いているようにみえるカオルをはじめとしたラブホテルの面々も、その内面は、人生の様々な澱が積もっていて、突然、悪が心の底から噴き出してきそうな危うさを感じさせる。その作品世界を支配しているのは、悪役として登場するサイコパスの男の、接触するものすべてを侵していくような、抗いがたい悪意、冷気にみちた非情さ、恐怖、暴力の意志そのものである。

ヒロインのマリが巻き込まれるラブホテルでの事件も、おそらくはこのサイコパスの男の発する悪の力と同根のものから発している。事件に関係するチャイナマフィアの邪悪な雰囲気も、被害者の中国人少女のあっけないほどの無力感も、サイコパス男の発する悪の冷気と同じところから生じた、この世の悪そのものの根源的力に支配されて、道具のように動かされているといった印象を受ける。そういう作品世界の中で、タカハシは、ただ一人、モラルを体現しようと、悪の支配する夜の渋谷の片隅を流浪しているようにみえる。もちろん、そういう救世主的なイメージで描かれているために、タカハシは、いかにも作り物的な人物にみえてしまい、作品の中でも奇妙に浮き上がっている。そうやって作品世界から浮いてみえるために、逆に作中人物の言動、行動、生き方への批評が可能になる、ともいえよう。

さて、タカハシが作中で体現する倫理観とは、どういうものだろうか。具体的にみていくと、

（1）自然主義
（2）性善説
（3）刹那主義

という特徴がみられる。

まず、自然主義だが、タカハシのモットー、「ゆっくり歩け、たくさん水を飲め」が示すよう

に、自然の流れに抗わず、水の流れるように生きることを目指しているようにみえる。いわば、老荘的生き方を体現しようとしているような感じで、だからこそ、渋谷の街のきわめて人工的で、殺伐とした暴力的光景の中で、その全くの対極的な存在として浮かび上がるのだ。

次に、性善説だが、タカハシは基本的に他人を頭から信じてかかる、素朴で善意に満ちた人物であるようにみえる。何度も裏切られてきたはずなのに、それでも他者を信じようとする。だからこそ、ヒロインのマリも、かたくなに閉ざした心を、徐々にタカハシの前に開いてみせるようになるし、本来は悪の世界の住人であるはずのカオルも、彼に対しては、失ったはずの善意をみせ、愛情をもって見守っているようだ。

ただ、タカハシは、自然主義、性善説であるがゆえに、必然的に刹那主義だ。物事を論理的、科学的に考えるのではなく、全てはあるがままに、刹那的に生きることになる。だから、タカハシの刹那主義は、サイコパス男の非情な論理性、科学的でメカニカルな印象の対極にある。ここには、東洋的な無為自然の思想を体現するタカハシと、西洋的な科学的、論理的思想を突き詰めたようなサイコパス男との対立、という構図がみてとれるのだ。

作者が、この思想対立の構図をテーマ的に小説に描こうとしたかというと、どうもそうではなく、作品の構成上の工夫にすぎないような印象がある。あくまで『アフターダーク』は、思想を論理的に表現しようとした小説ではなく、ホラー小説としての構成上、対立軸が必要なために、善悪の対決図式を作ったように思えるのだ。とはいえ、主人公たちが、善悪の狭間で揺れている姿を描くこの小説は、読者に、否応なく、倫理観について考えさせるような仕組みになっているのも、また確かだ。その倫理観は、伝統的な善悪の判断であり、老荘的思想を根本において、性善説に貫かれているので、これは日本人の読者にとっては、ほとんど意識しないで自然に読みとることができるはずだ。

けれど、翻訳でこの小説を読む海外の読者は、また違った印象を受けるだろう。特に欧米圏の読者は、この作品の中の善悪の対立を、近代文明批判として受け取るかもしれない。小説中で悪の位置に立たされている西洋近代文明の爛熟した様相としての渋谷の街、そこに生きる文明社会の最底辺のような人物たちの姿を、欧米の読者は、自身の文明への批判として受け取るかもしれない。だが、それゆえに、この小説は、日本や、東洋の読者にとってよりも、欧米の読者にとって、刺激的な作品となっているかもしれない。しかしまた、日本人にとっても、この小説の示す倫理観は、刊行当時よりも、3・11後のいまの方が、逆に受け入れやすくなっているといえよう。

このような「新しい倫理」の試みは、3・11以降、村上作品の中で意識的に繰り返されているようにみえる。短編集『女のいない男たち』でも、その流れは変わらず、継続されている。村上作品がますます国境をこえて、世界中で読まれるようになったことと軌を一にして、特に震災後、村上春樹自身の発言も、世間で大きく取りざたされるようになった。その反作用のように、

78

村上春樹バッシングもかつてない激しさで「炎上」するようになった。これらの現象は、なにを意味するのだろうか？

第4章 東京奇譚集——ざっくばらんな女たちの系譜

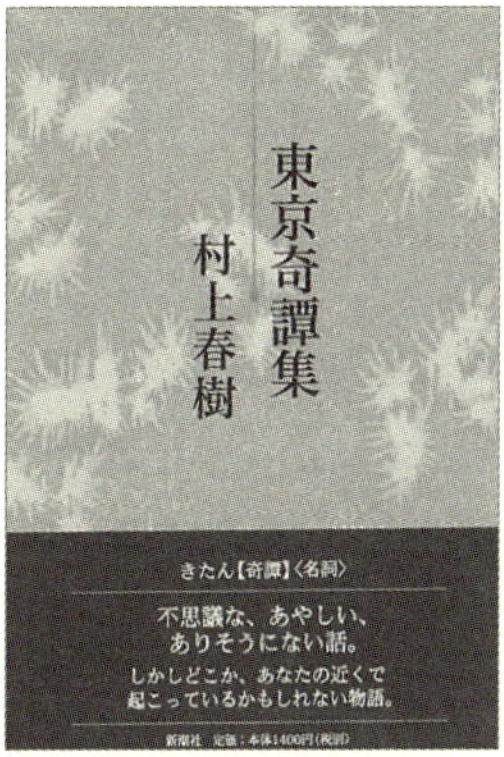

『東京奇譚集』
（2005、新潮社）

1　ざっくばらんな（粗野な物言いの）女たちの系譜

村上作品の登場人物で、目立つのは、主人公を救いに導く「ざっくばらんな（粗野な物言いの）女たち」の存在感である。

このようなキャラクターの類型は、初期の短編集『中国行きのスロウ・ボート』所収の「午後の最後の芝生」のおばさんから登場している。特に『アフターダーク』でのカオル（元女子プロレスラー、ラブホテル経営）の存在が大きい。カオルの分身のような女たちが、『東京奇譚集』でも引き続き登場し、人生をたくましく生き抜いていく姿勢が描かれる。これらの脇役たちと比べて、主人公や語り手は、逆に影が薄くなりがちなぐらいだ。

まずは、短編「ハナレイ・ベイ」の例をみてみよう。この短編では、サーファーの息子をハワイの海で失った中年女性が、その現場であるカウアイ島のハナレイ・ベイを度々訪れて、息子の鎮魂と、自らの人生の省察をする。やがて彼女は、日本人青年の二人組と出会い、自分の息子と同じような年代の彼らを、折に触れて見守る。その態度は、いかにもざっくばらんで、母親のような愛情もときに見え隠れしている。

サチは自分の泊まっているコテージのマネージャーに話をして、二人のために部屋をみつけてもらった。彼女の紹介ということで、週ぎめの料金をかなり安くしてくれた。

（村上春樹「ハナレイ・ベイ」『東京奇譚集』新潮社　p. 60）

「ところであんたたち、ハナレイで気楽にサーフィンしまくって楽しかった？」

「すげえ楽しかった」とずんぐりが言った。
「サイコーだったす」と長身が言った。「人生がころっと変わったような気がしますよ。ほんとの話」
「それは何より。楽しめるときにめいっぱい楽しんでおくといい。そのうちに勘定書きがまわって来るから」

（同　p. 72-73）

こういう力強い母性のキャラクターは、村上作品の中でも、初期の「午後の最後の芝生」以来、度々描かれている。この短編「ハナレイ・ベイ」でも、彼女の独白や、会話の端々に、力強い母性と、あくまで生き抜こうとする生命力が感じ取れる。彼女の生き様が、読者にまで生きる勇気を与える印象があるのだ。

また、同じく『東京奇譚集』所収の短編「品川猿」の場合も、ざっくばらんな物言いの女性が、作品の狂言回しのような役割をになっている。この小説では、カウンセラーの中年女性が、主人公の女性を窮地から救い出すために、ほとんど超自然的な能力を発揮して、手をつくす様子が描かれている。

「でもいったい誰が――」

「どこの誰が、あなたの家からこの二枚の名札を盗み出したりしたのか？　いったい何を目的として？」と坂木哲子は言った。「それについては、私がここであなたに口で説明するよりも、盗み出した犯人に直接問いただしてみるのがいちばんいいような気がするの」

「犯人がここにいるのですか？」とみずきは呆然とした声で言った。

「ええ、もちろん。つかまえて、名札を取り上げたの。もちろん私が自分でつかまえるわけにはいかないから、うちの夫とその部下の人たちにつかまえてもらったのよ。


（村上春樹「品川猿」『東京奇譚集』新潮社　p. 192）


このカウンセラーの言動や、活躍ぶりは、ちょうど、「ハナレイ・ベイ」の女性が、静かなる母性を体現しているとすると、対照的に、陽の母性といった印象である。

この不思議なカウンセラーの中年女性は、一種の超自然的な存在のようでもある。ごく普通の外見の裏に、実は超能力を秘めていて、周囲の人間も、彼女の陰の活躍に協力しているらしい。おそらく、この女性の原イメージは、児童文学の『メアリー・ポピンズ』にあるように思われる。メアリー・ポピンズは、物語の中で、魔法の世界から人間世界にやってきた全知全能の存在なのだが、あくまでも外見上は、有能なベビーシッターとして、ざっくばらんできびきびとした、現実的な人物であるようにふるまっている。

村上作品に登場する「ざっくばらんな女」たちも、外見的には、いかにもさばさばしたリアリスティックな言動をし、行動的で、物事のもつれをてぎわよく解決する。これらの、強い母性というべきキャラクター像は、村上作品の中でも、特筆すべきヒロインたちを生み出したといえるのだ。

その代表例として、『ノルウェイの森』の緑、そして『世界の終りとハードボイルド・ワンダーランド』のピンクの娘、があげられる。二人とも、外見上はざっくばらんな物言いの女子で、それでいて細やかな神経の持ち主でもあり、主人公の男を助けて、トラブルから救い出す役割を果たしている。この娘たちが成長して、順調に所帯をもち、子育てにいそしむようになると、まさに、村上作品の母性の女性となるのだと予想できるのだ。

村上作品のヒロインたちは、大きく分けて二つのキャラクター類型に分かれる。一つは、正統的なヒロインというにふさわしい、可憐な美女系の女性たちだ。これは、デビュー作『風の歌を聴け』からずっと、一貫して登場している。『風の歌』のヒロインである「指のない彼女」は、村上作品のヒロイン像の原型だといえる。このヒロインキャラの系譜には、『世界の終り』の図書館司書、『ノルウェイ』の直子、『ねじまき鳥クロニクル』の妻、『海辺のカフカ』の佐伯さん、などが挙げられる。『色彩を持たない多崎つくると、彼の巡礼の年』のシロにいたるまで、この系譜は、村上ヒロインの一方の典型だといえる。

もう一方のヒロインキャラの類型が、「ざっくばらんな女性」である。こちらの場合、共通するのは「おばさん」的な口調や態度、そして母性的な性質が共通項であり、外見的には様々だ。このヒロイン像は、『風の歌』では、語り手の「僕」が以前つきあっていた彼女のイメージとして登場する。

その後、『１９７３年のピンボール』では、のちの「僕」の妻となる事務員がそうであり、『羊をめぐる冒険』では、「誰とでも寝る彼女」として登場する。『世界の終り』ではピンクの女の子、『ノルウェイ』では緑、『ねじまき鳥』ではメイ、『カフカ』ではさくら、そして『多崎つくる』のクロがそうである。

この両極端のヒロイン像のほか、村上作品に度々登場する第三のヒロイン像として、謎の美少女、ロリコンキャラ、がある。また、近作の『１Ｑ８４』では、これまでの村上作品にみられなかった新しいヒロイン像として、青豆という女殺し屋が登場するのだが、彼女の場合は、これまでの村上ヒロインの三つの類型を、時に応じて使い分けるような、人工美女的な性質がある。いかにも、作られたキャラクター、という印象が強く、まるでライトノベルに登場しそうなイメージで描かれているのだ。

以上のような、村上作品における女性キャラクターの類型をながめてみると、『東京奇譚集』に登場する「ざっくばらんな女たち」には、近作『多崎つくる』から『女のいない男たち』へと続く、母性的ヒロイン像の生成過程が垣間見えるのだ。

2 「小説家・淳平もの」シリーズ、村上春樹自身による村上春樹像の試み

この短編集では、『神の子どもたちはみな踊る』でも登場した小説家・淳平のエピソードも描かれ、まるで村上春樹自身による村上春樹像の試みがなされているようにみえる。ここで、あるべき小説家像のように描かれている淳平の姿は、作品中で新たな倫理を体現するようにみえる。

主人公の小説家・淳平は、村上春樹自身に近い設定であり、ご丁寧にも「芥川賞を取れなかった」点を強調されているぐらいである。実家が兵庫県西宮市の夙川にあり、その実家と折り合いが悪く、阪神淡路大震災のときに帰宅できなかった点も、村上春樹と共通している。ただ、彼は短編作家であり、村上春樹自身のような長編小説は苦手としている。

淳平の出身大学は早稲田大学で、そのときに親友となる高槻と出会う。同時に、運命の女性の一人目である彼女とも出会うが、彼女を親友の高槻に先にとられてしまう。つまり、村上氏自身と違って、妻となるべき女性とは結ばれないまま、独身生活を続けていることになっている。

淳平は、短編集『神の子どもたちはみな踊る』所収の短編「糖蜜パイ」に登場時には三六歳で、親友の妻を寝取る役を演じてしまう。そのためなのか、あるいはそれより以前のエピソード

だからか、この『東京奇譚集』所収の短編「日々移動する腎臓のかたちをした石」での三一歳の淳平は、運命の女性を見つけ出そうとして、迷いながら生きている。彼の父から教えられた「三人の大切な女性」説に従って、淳平は、かつて愛したが結ばれなかった親友の妻以外の、残りの二人の女性を、慎重に見極めようとしている。そのせいで、結局、彼は、二人目だったはずの大切な女性を、逃してしまうことになった。けれど、彼は、のちの「糖蜜パイ」のときと違って、あえて運命を曲げてまで、自分の欲望を追求しようとはしない。

> 淳平が小夜子の肩に手を伸ばすと、彼女はその手を握った。それからソファの上で二人は抱き合った。ごく自然にお互いの身体に腕をからめ、唇をかさねた。
>
> （村上春樹「糖蜜パイ」『神の子どもたちはみな踊る』新潮社　p. 196）

それに対して、「日々移動する…」では、守るべき行動規範、倫理観が感じられるのだ。

> 生活の中から彼女の存在が消えてしまうと、淳平の心は前もって予想していたよりも、ずっと激しい痛みを感じることになった。
>
> （村上春樹「日々移動する腎臓のかたちをした石」『東京奇譚集』新潮社　p. 149）

夏が来るころには、彼もさすがに希望を捨てた。キリエにはもう彼に会うつもりはないのだ。そう――確執もなく、言い合いもなく、二人の関係は穏やかに終わったのだ。

（同　p. 154）

おそらく、その理由として、『女のいない男たち』所収の短編「ドライブ・マイ・カー」で登場する、「もう一人の高槻」というべき男の存在があったと想像できる。作品が書かれた順序でいうと、もちろん、この「もう一人の高槻」の方が時系列ではずっと後の存在なのだが、おそらく、過去の短編の「高槻」の存在には、のちの「もう一人の高槻」の要素も、すでに含まれていたのではあるまいか。登場人物のキャラクター類型は表面的なものだけでなく、隠された内面の人格が、作者の当初の意図とは別に秘められているといえよう。

のちに「ドライブ・マイ・カー」で登場する、（おそらく別人の）高槻は、売れない俳優で、不倫関係をもった女の夫と、奇妙な会話を交わす。この高槻という男は、いかにも人生の敗者という雰囲気を漂わせている。けれど、同じ高槻という名の男が、『神の子どもたちはみな踊る』所収の「糖蜜パイ」では、人生の勝者として、逆に、淳平にとっての運命の女を奪ってしまうのだ。つまり、同名の高槻という男を軸に考えると、「糖蜜パイ」では淳平が運命に抗ったために、高槻は本来あるべき幸福な家庭の実現を邪魔してしまう役まわりになった。その高槻が、のちの「ドライブ・マイ・カー」では、不倫によって他人の家庭を壊す側にまわっている。いずれの場合も、本来あるべき幸福が、判断ミスや倫理観の欠如によって、もろくも失われるという流れが描かれている。そのことを、事前に防ぐためにも、また失われた幸福を取り戻すためにも、必要なのは行動規範であり、倫理観である、ということがほのめかされているのだ。だからこそ、『東京奇譚集』所収の「日々移動する…」での淳平は、倫理観を優先して、あえて二人目の運命の女性と結ばれることを見逃す。それは、彼の行動規範が、欲望の追求ではなく、内面の倫理を守ることを優先するようになっていたからだ。

ちなみに、この「日々移動する…」にでてくる、不思議な腎臓石というイメージは、村上春樹のエッセイ『ランゲルハンス島の午後』への、自作オマージュではないかと考えられる。この短編の幻想シーンの中で、奇怪にも勝手に動き回っている腎臓石は、若い時代への郷愁を描いた『ランゲルハンス島』の作品イメージを含んでいるように思える。だとすると、この腎臓石は、運命の選択が可能だったかもしれない青春の思い出へ、読者自身をさそうための仕掛けなのだといえよう。

> 河原を歩いているときに奇妙な石をひとつ見つける。赤みがかった黒で、つるつるしてい

て、見覚えのあるかっこうをしている。それが腎臓のかたちであることに、すぐに気づく。

（同　p. 142）

ちなみに「ランゲルハンス島」とは、本来の意味ではなく、ここではもちろん、エッセイ『ランゲルハンス島の午後』の中で描かれる、村上春樹自身の故郷、夙川のイメージから派生した、架空の場所である。

僕は一息ついて汗を拭き、川岸の芝生に寝転んで空を眺めた。
〈中略〉
頭の下に敷いた生物の教科書からもやはり春の匂いがした。カエルの視神経や、あの神秘的なランゲルハンス島からも春の匂いがした。

（村上春樹『ランゲルハンス島の午後』新潮文庫　p. 107）

淳平の故郷もまた夙川であり、彼の内心の原風景には、作者自身と同じく、夙川の河畔の風景が焼きついているのだろう。

3 「死と再生」「喪失」のテーマ

二〇〇五年に刊行されたこの短編集『東京奇譚集』には、まるでのちの3・11を予告するかのような、「死と再生」「喪失」のテーマが底流にある。最もわかりやすいのが、「ハナレイ・ベイ」の例である。この短編では、突然の喪失と、悲しみからの再生を静かなタッチで描いている。

この短編での、青年の突然の死は、サメに襲われて死ぬという、一種の自然への帰還だといえる。自然の懐にかえるという趣旨のことを、小説の中で、ハワイの現地人も語っている。

「大義がどうであれ、戦争における死は、それぞれの側にある怒りや憎しみによってもたらされたものです。でも自然はそうではない。自然には側のようなものはありません。あなたにとっては本当につらい体験だと思いますが、できることならそう考えてみてください。息子さんは大義や怒りや憎しみなんかとは無縁に、自然の循環の中に戻っていったのだと」

（村上春樹「ハナレイ・ベイ」『東京奇譚集』新潮社　p. 50）

けれど、当然だが、死んだ青年の母は、自然に帰ったというようなことで息子の死を納得できるはずもない。息子の死んだビーチに、たびたび訪れて、鎮魂のためだろうか、滞在するようになる。

このヒロインの行為は、人が大切な人の喪に服する行為として、とても自然なことのように感じられる。大切な肉親を突然失った人の思いは、現実の多忙な日常の中で、次第に薄らいでいくように思えるが、心の中の喪失感や悲しみの感情は、簡単に薄らいではいかない。本当は、多くの人が、このヒロインのように、失った人への鎮魂と別れの期間を、ゆっくりと送りたいのではないだろうか。

> サチは砂浜に座って、そんな光景を一時間ばかりあてもなく眺めていた。輪郭のあることは何ひとつ考えられない。重みを持つ過去は、どこかにあっけなく消え失せてしまったし、将来はずっと遠い、うす暗いところにあった。どちらの時制も、今の彼女とはほとんどつながりをもっていなかった。彼女は現在という常に移行する時間性の中に座り込んで、波とサーファーたちによって単調にくり返される風景を、ただ機械的に目で追っていた。今の私にいちばん必要なのは時間なのだ、彼女はある時点でふとそう思った。
>
> （同　p. 51）

だから、ここでのヒロインの「喪の期間」は、読者の抱えた心の問題を、ゆっくりと解きほぐすためのヒントを与えてくれる。この小説は、すぐれた喪の実践テキストだといえるだろう。

この小説が刊行された二〇〇五年というのが、阪神・淡路大震災の一九九五年から一〇年後である、ということも、モチーフとして遠くつながっているのではあるまいか。村上春樹は、阪神淡路大震災のときは海外にいたが、その後、すぐに故郷の阪神間で、被災者支援の目的の朗読会とサイン会を行っている。けれど、作品としては、自身の故郷を壊滅させた災害について、なかなか正面から取り上げることはなかった。

『神の子供たち…』の連作で、遠く離れたところの人の心にまで震災の影響が及んでいることを描き出し、それで、震災についての作者のこだわりにけりをつけたかのようにみえる。だが、本作の「ハナレイ・ベイ」には、震災後一〇年経ってようやく服喪が明けたかのように、肉親の死を真正面から描く小説を書いたのだ。

さらに、同じ短編集所収の「どこであれそれが見つかりそうな場所で」では、父の面影が描かれていて、作者自身の肉親の情がひそかにこめられているようにも読めるのだ。

「お父様は亡くなったとき、おいくつだったんですか?」

「68歳でした」

「お父様は何をしておられたのですか？　お仕事は」

「僧侶でした」

「僧侶といいますと…、仏教のお坊さんということですか？」

「そうです。仏教の僧侶です。浄土宗。豊島区でお寺の住職をしておりました」

（村上春樹「どこであれそれが見つかりそうな場所で」『東京奇譚集』新潮社　p. 86）


ここには、意識的にか、無意識にか、作者自身の実父のイメージが重ねられているように読める。作者の父親は僧侶であって、学校の先生をしていたのだ。

一方、この短編「どこであれ…」は、もっとも村上文学らしい、一種のホラーサスペンスでもある。村上ホラーの真骨頂である、時空の谷間のような隙間の場所、異世界の時間を描き出していて、読者を絶妙な幻想世界の気分にいざなう。そこには、人生のほんのひととき、様々な人が交錯し、いなくなった人と探す人が、往来するのだ。この小説の中では、鏡が、その隙間の場所と異世界をつなぐ通路となっている。

ソファの真向かいの壁に大きな姿見がとりつけられていた。鏡の表面は曇りひとつなく磨き上げられている。光もうってつけの角度で窓から差し込んでいる。私はそこに映った自分の姿をしばらく眺めてみた。その日曜日の朝、消えたトレーダーもあるいはここで一休みして、そこに映る自分の姿を眺めたかもしれない。

（同　p. 100）

鏡を通じて異世界と行き来するのは、『鏡の国のアリス』など、ファンタジーの定番であるが、ここで登場する鏡は、「もっともきれいにみえる鏡」である。このイメージはもちろん、『白雪姫』の鏡の精に近く、この小説のファンタジー色を強める役割を果たしている。

「ねえ、おじさん、このマンションの階段についてる鏡の中で、ここの鏡がいちばんきれいに映るんだよ。それにおうちの鏡とはぜんぜん違って映るんだ」

「どんな風に違ってるわけ？」

「自分で見てごらんよ」と女の子は言った。

私は一歩前に出て鏡に向かい、そこに映る自分の姿をしばらく眺めてみた。そう言われて見ると、その鏡に映った私の姿は、いつも私がほかの鏡の中に見ている自分の姿とは少しだけ違っているような気がした。

（同　p. 111-112）

この不思議な鏡を発見するのは、小さな女の子である。村上作品で、小児を登場させるのは、これまであまり例がなかった。小学生の男の子や、中学生ぐらいの女子は登場したが、小学生ぐらいの女の子というのは、珍しい。

ちなみに、その後、長編『1Q84』で、ヒロインの青豆の十歳のころを、村上春樹は巧みに描いているが、この短編の少女を描いたことで、村上作品に新たな女子キャラクターが導入されるきっかけとなったのかもしれない。

それだけでなく、この女の子は、いかにもいまどきの子という口ぶりで、変質者を疑っているような尋問もしているが、このしゃべり方が、あまりにも典型的で、まるでコピーされた女子のような雰囲気がある。この少女は、本当にその年齢の、実在の少女なのだろうか？　もしかしたら、何者かが化けているのではないか？　と勘ぐりたくなるのだ。

この少女は、外見とは違って、実はおそろしい魔女の正体を隠しているのかもしれない、と考えると、この短編は、現実の裏に隠された、もう一つの危険な世界への入り口ともなっているとも考えられる。けれど、そういう謎の少女との邂逅を経て、結果的には、語り手は依頼された目的を達し、失踪者は発見されることになる。つまり、この小説の中では、よいものとわるいものとが、一種の中間領域で接触し、相互に影響を及ぼし合って、なにごとかが起きていくのだ。

よいことも、わるいことも、深いところではどこかでつながっている、というメッセージを、この小説は静かに発しているのだといえよう。

第5章 ミステリーとしての『色彩を持たない多崎つくると、彼の巡礼の年』
——シロを殺した犯人は？

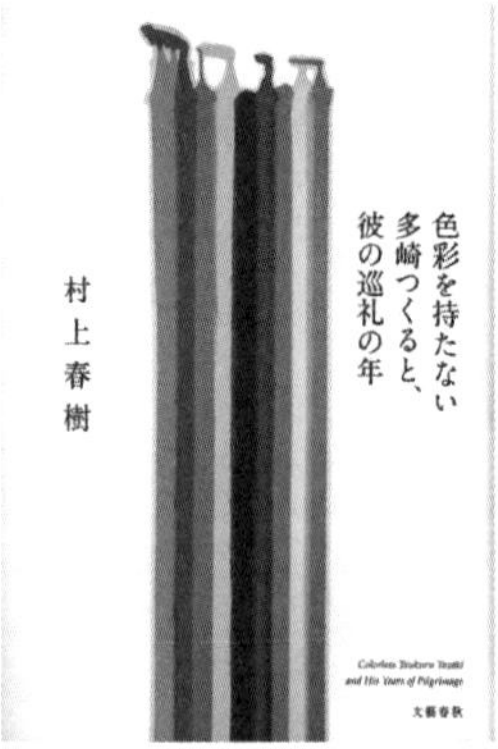

『色彩を持たない多崎つくると、彼の巡礼の年』(2013、文藝春秋)

1 『色彩を持たない多崎つくると、彼の巡礼の年』はどんな作品か？

二〇一三年の春に刊行され、いきなりミリオンセラーになった村上春樹の小説『色彩を持たない多崎つくると、彼の巡礼の年』だが、その中で、効果的に使われたピアノ曲が、リストの『巡礼の年』だ（参考サイト　http://www.youtube.com/watch?v=Y-oZPh3LzNg）。

ところが、驚くべきことに、小説に登場した、ラザール・ベルマン演奏のリスト『巡礼の年』が、タワーレコードでクラシックの売り上げ一位になった。おそるべし村上春樹効果、としかいいようがない。これまで、幾多の音楽評論家が、自分のおすすめの曲や演奏を、音楽雑誌で紹介してきたが、そのいずれも、その論評のおかげでそのCDが売り上げ一位になった、というようなことは、なかなかなかっただろう。

それにしても、村上春樹の小説には、どうして次々とクラシック音楽が出て来るのか？

二〇一三年に京都大学で行われた講演会で、村上春樹自身は、以下のように話した。

「執筆しながら、たいていはクラシックのLPを流している。前の夜、寝る前に、明日の朝はこれを聴こう、と好きなLPを選んで、それを楽しみに寝る」。

これは、すごくいい話だと思う。「明日の朝は、これを聴こう」と好きな音楽を選んでおけば、翌朝、すっきりと目覚められそうに思うからだ。この講演を聴いて、自分もさっそくやってみようと思ったぐらいだ。

ちなみに、前述の講演で、村上氏は、冗談半分、こう言った。

「え？　わざわざこの曲を聴くためにCDを買ったの？　youtubeで聴けるのに」。

なるほど。村上氏も、youtubeで音楽を聴いていたのだ。これは意外だった。

さて、以上は前置きだ。

『色彩を持たない多崎つくると、彼の巡礼の年』については、発売前から大騒動が繰り広げられ、長年の愛読者としても、個人的に苦々しく感じている。

某新聞の村上春樹新刊書評によると、この小説は「重厚で清澄なゴシックロマン」だそうだ。ほんとうなのか？

主人公のつくるは、五人組からの除名によって、幽霊さながら本人の意思と離れた行動をとる、だからこの小説のタイトルが「色彩を持たない」のは「幽霊」のようだから、なのだそうだ。はたしてそうなのか？

むろん、評者はオースターの『幽霊たち』を下敷きにしたのだ、といいたいのだろうけど、それでもかなり読みを間違えていると思う。つくるとシロは六年前、「連結された闇の中で」密かに通じ合ったのかもしれない、という読み方を、評者は読者に薦めている。それでいいのか？

そういう読み方にこの小説は開かれている、と断言しているが、自分としては、そんな読み方はしたくない。この小説が「ゴシックロマン」だなどと大上段に構えなくても、もっと素直な読み方で楽しめる、すぐれた小説だと思う。

具体的に述べよう。『色彩を持たない多崎つくると、彼の巡礼の年』は、村上作品の入門書のような作品として読める。過去の村上作品の主要なテーマが、違う人物とシチュエーションで、一種の組み替えのような形で繰り返されている、というような作品だ。

特に、村上作品の解説書として、日本人の読者より欧米の読者に対して強くアピールするだろうと思う。なぜなら、日本語の小説では、小説の中でテーマを作者が解説することが好まれない傾向があるからだ。日本文学では、テーマは、言葉で述べられることなく、描写や動作、ほのめかしで表現されることが好まれる。しかし、欧米の小説なら、テーマを作者がわかりやすく述べるということも、よくある。こう考えると、この村上作品は、欧米語で読まれることを前提としているように思えるのだ。すでに翻訳が進んでいるだろうが、この作品は、欧米語翻訳版の反響が楽しみである。また、中国語や韓国語などでどう読まれるのか、それはそれで興味深い問題だ。

そもそも、村上作品は、デビュー作『風の歌を聴け』の最初から「翻訳小説」的といわれていた。この小説は、文字通り、翻訳された形で読む方が、日本人の読者に好まれるかもしれない、と思う。村上作品の英語版の再翻訳がすでに日本で刊行されているが、『多崎つくる』も、再翻訳の形で読む方が、わかりやすくなるかもしれない。この小説は、そういう作品なのだ。

デビュー作以来、村上作品の本質は変わっていない、といえよう。むしろ変わったのは、読者の側なのではないだろうか。ちなみに、この作品は、村上春樹にとっての『鏡子の家』（三島由紀夫）だともいえる。作者本人は、認めたくないだろうけれど。なにしろ、村上氏は三島嫌いで有名なのだ。

それはともかく、三島の『鏡子の家』は、ヒロイン・鏡子を軸に、多彩な男性登場人物を配して、正統的な一九世紀小説的なメロドラマを展開しようとしている。三島が、乾坤一擲の勝負をかけるように、日本人による本格的な一九世紀的長編小説を意図したといわれる、この作品は、残念ながら、三島の代表作とはならなかった。しかし、その目的は十分に達せられており、日本の現代小説には珍しく、神の視座による客観描写が物語の内容と見事に合致した、バランスのよい長編小説となっている。

『多崎つくる』は、登場人物の類型を配置した構成や、ヒロインの薄幸の運命が、『鏡子の家』と似通っているといえる。もっとも、似ているのは外側だけで、小説としては、典型的な一九世紀小説とは似ても似つかぬ、奇抜な作品なのだが。

2　シロを殺した犯人は？

ミリオンセラーとなった『多崎つくる』の物語は、識者たちの手で様々に解読がされているが、いまだ作品評価は賛否両論である。けれど、この中編は、意外なことに本格的なミステリー作品として読み解くことができる。ちなみに、作家の野崎雅人氏が、村上春樹の『色彩を持たない多崎つくると、彼の巡礼の年』の謎を、ミステリー解読のかたちで見事に解き明かす説を、ツイッターに書いていた。

「色彩を持たない多崎つくると、彼の巡礼の年」において、シロに乱暴し、かつ、彼女を殺したのは誰か？　仮にその人物をXとすると、シロはつくるに濡れ衣を着せることでXとの関係を悟られまいとしていることから、Xはシロの近辺にいる人物である。

シロは東京へいったつくるをひどく憎んでいた。それは、五人のコミュニティーを壊したことと同時に、彼がいつでも自分のいる場所からどこかへ行けるという自由を持っていたためと考えられる。シロは精神を病むほどXとの関係を悩んでおり、それは身近にいたクロやアカ、アオにも気付かれないものだった。

多崎つくるにおいての「巨悪」とは、シロの精神を破壊し、殺したXであり、Xを探しだすミステリーにしなかったのは、最近の村上春樹のスピーチから、「善は善であり、悪と対すること自体、必ずしも善ではない」というテーマによるもの。だから、つくるは最後に沙羅にプロポーズした。

作中に「シロを殺した者は永遠に分からない」と書かれてある。作者自身、Xが誰かは決めていないかもしれないけど、あえて曲げて考えれば、妊娠していたシロは、その子を産もうとしていて、クロの協力を得るためにつくるに濡れ衣をきせ、その生涯に深い傷を残すほどの嘘をついた。

シロは流産し、子を産むことはなかった。が、この辺りの経緯はクロのフィンランドでの証言だけなので、情報が曖昧である。しかし、Xはシロが子を産むのを何としてでも拒む必要のある人物であり、かつ、技能的、環境的にそれが可能な人物である。

シロがその関係を精神を病むほど悩み、長年にわたって交流のあったクロにもその関係を知られず、自由にシロの住環境にアクセスでき、かつ、妊娠をコントロールできる人物、それがXだろう。Xはシロの父親である。


（野崎雅人氏の Twitter 書き込みより　二〇一三年五月二六日付）


この引用を読んでわかるように、「シロを殺した犯人は、じつは父親？」という大胆な推理なのだ。なるほど、そうであったか！　と、自分も目から鱗が落ちる見事な推理だと思った。

とはいえ、もちろん、村上春樹の小説は、本来はミステリー小説ではないので、犯人探しは意味がないともいえる。でも、ある種の読者や批評家が、春樹の新作をよってたかってこき下ろすのを読んでいると、なんとも悲しい気分になる。小説のあら探しをして、「滅多切り」などするより、春樹の新作を題材に、推理ゲームを楽しむほうが、健康的ではないだろうか？

あるいは、文学は、健康的ではいけない、もっと悩み深いものでなくてはならない、と叱られるかもしれない。でも、そうでなくてはいけない、ということはないはずだ。

「気分がよくてなぜ悪い？」と、村上春樹の創造した架空の作家デレク・ハートフィールドも『風の歌を聴け』の中で語っている。私も、前述の引用にある野崎氏の名推理を、楽しませてもらった。さて、そこで、せっかくなので、私も、「シロ殺人事件」の謎解きにチャレンジしてみたいと思う。


さてワトソンくん、私の推理では、もし彼女の父親が彼女を孕ませたなら、小説のような形で殺したりはしないと考えます。

むしろ、近親相姦ならば、仮にできてしまった胎児を密かに流したとしても、父は彼女自身の身を、たとえ監禁してでも守ろうとするのではないでしょうか。

この場合、小説は、むしろ『ねじまき鳥クロニクル』に近い印象の作品となります。

あの小説では、ワタヤノボルという巨悪の、近親相姦的な欲望と支配力が描かれていました。

むしろ、そのパターンの方が、『多崎つくる』は凄みのある小説になったかも？

というのは、私の好みに過ぎませんが。

さて、ここからが事件の真相です。

もし、私がシロを殺した犯人を推理するなら、真犯人はクロです。

この小説を本格ミステリー的に読むとして、犯人の手がかりは、あくまでも外部にではなく、五人の仲間たちの内部に手がかりがある、と考えます。

だとすると、シロを殺す動機があるのは、つくると、クロだけです。

つくるが、当時本当にシロの居所を知らなかったとすれば、クロだけが、シロを殺すことができたといえます。

その動機とは、愛憎の激しい感情です。

クロは、シロを最初から最後まで独占したがっていたと思います。

だから、つくるを遠ざけたのです。

ＱＥＤ

　こういう推理は、いかがだろうか？　まあ、このような、いわゆる「百合展開」（〔注〕　女性同士の同性愛的な物語展開）は、いささかアガサ・クリスティ的すぎるかもしれないが。

　フィンランドでつくると思いがけず再会したクロは、最後までつくるを殺すつもりだっただろう。だから、つくるをハグしたとき、つくるの生死は、全くクロの手中にあったのだ。おそらくは、つくるを守護しているなにものか（シロの霊？）が、クロに取り憑いた悪霊を、凌駕したのだと思うのだ。このように解釈すると、村上春樹の新作が、まるでドストエフスキーのように読めてくる。

さて、つまり、こういうことだ。村上春樹の小説を、読者は好きなように解読して、楽しめばいいのだ。もちろん、「滅多切り」するのが楽しいなら、それもまたよしとしよう。ただ、その悪口を、私はわざわざ読みたいとは思わない。ましてや、お金を払って、好きな小説の悪口を読むのは、実に気が重い。もっとも、村上春樹作品を批評する立場として、やむをえず悪口本も買って読んだが。本来はブックガイドであるべきレビューなのに、その作品と作者への罵詈雑言を書いている文章など、読みたくないと思うのだ。

3　真実を語っているのは誰？

村上春樹『色彩を持たない多崎つくると、彼の巡礼の年』では、登場人物がこれまでになく大勢出てきて、それぞれのエピソードを語っていく。だが、それらのどこに真実があるのか、物語の最後まで明らかにならない。この小説は、人々の生き様と、物事の真実のあり方について、キャラクターごとに視点を変えて考えることができるように、巧みに設計されている。

以下、それぞれのキャラクターの視点について、述べる。

（1）つくるの視点

まず、小説の冒頭から語られる主人公・つくるの生い立ちや、大学時代に陥った深刻な危機のことなど、つくる自身の物語が、三人称の叙述だが、あくまでつくる本人の視点から物語られる。だから、この時点では、つくるが陥った危機の原因や、事件の裏側については、一切語られない。その事件の謎が、この小説の中間までは読者の興味を引っ張るプロットとなっているのだ。従って、つくる視点の三人称で物語られるのは、小説のプロット上必要だった部分だといえる。けれど、このつくるの視点は、小説の中で作者と同一の、いわゆる神の視点ではない。主人公ではあるが、つくるには物語の大筋がほとんどみえていないように描かれている。いわば、この主人公は巻き込まれ型で、しかも行動しない人物である。だから、この主人公の視点でみた物語世界は、実に不透明で、不安に満ちている。そこがこの小説の基調に流れる雰囲気となる。

（2）沙羅の視点

主人公・多崎つくるが出会って、親しく交際する女性・沙羅は、小説の狂言回しのような役を果たしている。つくるの抱えた心の問題や、巻き込まれた事件を、沙羅が狂言回し的に誘導し、解決へ導くのだ。だから、沙羅はこの小説のヒロインであるとはいえず、主人公と結ばれるという結末にもいたっていない。沙羅の視点で描かれる箇所は、主に物語の謎解きの部分であり、沙羅は、主人公になりかわって事件調査を行う役回りなのだ。

この小説を支配する謎の事件を、沙羅は主人公に代わって推理し、事件解決のための行動を指示する。主人公はその指示に従って行動し、やがて事件の真相に近づくことになる。意外なことに、この小説は、典型的なミステリー小説として読むことが可能なのだ。つまり、沙羅が名探偵(それも、肘掛け椅子型)で、主人公のつくるは、探偵の助手(ワトソン、ヘイスティングス)の役回りをしている。だから、沙羅の視点で描かれる部分では、物語の真相は、ほぼみえているはずなのだが、この小説では、真相そのものは、語られない。むしろ、沙羅の視点で語られる真相は、第三者としての語り手の視点によって、攪乱される。それによって、この小説は単純な謎解きの物語から、より複雑な構造の小説へと進化している。

(3) 灰田の視点

多崎つくるが一時、親友のようにつきあう男性・灰田は、この小説の中で唯一、実在しないかもしれないと思わせる、「幻の女」という位置づけで描かれている。実際は幻の「男」なのだが、この人物は、主人公・つくるにとって、性的な吸引力をもっている。ちなみに、性的吸引力は、村上春樹作品でよく用いられるモチーフで、『国境の南、太陽の西』での例がわかりやすい。同じように、つくるにとっての灰田は、同性ながら性的吸引力をもって、夢の中でつくるの性的欲望を受け止める。そのことで、つくるに奇妙な運命をもたらしていく。

実際には、灰田は、つくるが精神的危機にあったとき、心の救いとなり、未来の運命を示唆するエピソードを語るのだが、やがてその役割を終えたのち、つくるの周辺から消えてしまう。このような消える人物は、村上作品で、「幻の女（男）」的存在としてたびたび登場している。

さて、本作では、灰田の視点で語られるエピソードが、主人公・つくるの人生と、不思議にも交差することになる。それも、灰田の父が体験したという奇妙な出来事が、めぐりめぐって、つくるの勤め先の駅にたどりつく、というエピソードなのだ。つまり、灰田の視点で語られる部分は、本作の物語で進行する時間軸から離れて、遠い過去の時間、あるいは、もしかしたら別の次元、別の世界、いわば平行世界のようなところかもしれない、と思わせるのだ。

この灰田の視点があるせいで、この小説は、多次元的な時間の幅を持つことになる。そういう無限に近い時間の流れの中からみると、ほんの一瞬のような主人公・つくるの人生が、それでも遠く離れた別の時空とつながっている、という感覚は、この小説を異様なまでにスケールの大きい作品にしているのだ。

（4）アオの視点

主人公・つくるの高校時代の親友だったアオという男は、物語中の現在時点では、名古屋で大手自動車メーカーのディーラーをしている。つくるの対極にあるような人物で、明らかに、合わせ鏡として存在しているように考えられる。つくるとは一八〇度逆の人物であるアオだが、その彼が、意外にも、つくると同じような心の闇を抱えていたということが、小説の途中で明らかになってくる。合わせ鏡としてのアオは、つくるの人物像を、いわば立体視させる役割をするのだ。

つくるは、アオが体現する現実社会での功利的な生き方に、全く共鳴することができない。でありながら、高校生だった過去の一時期、つくるはアオを全面的に支持していた。そのことで、つくるの内面のある部分が露呈しているのだが、つくる本人はそのことに無自覚なままである。つまり、アオの視点は、つくるのみえていない本人の内面を、描き出すための鏡の一つだといえる。

（5）アカの視点

多崎つくるの高校時代の親友の一人、アカは、アオと同じく名古屋在住で、なにか特殊なビジネスをやって成功をおさめている。アオとは別の意味で、つくるの合わせ鏡であるアカは、つくるとは全く異なる世界の住人であり、姿を消した灰田の身代わりのような位置づけにある。バイセクシャルである点でも、その特性は明らかだ。

つくるは、アカにもやはり共鳴しないが、実際には、内面的に共通するものを持っている。だから、アカの視点でみたつくるの物語は、つくるが意識していない内面を描き出すことになる。

つくるのもっているバイセクシャルの一面を、つくる本人は自覚していないが、アカがそう告白することで、つくるは、自身の中にも同じ傾向があるかもしれない可能性を無視できなくなる。そのことから、灰田との関係の記憶を想起するのは当然の成り行きであり、アカの視点は、つくるの内面をあぶり出す働きをもっているのだ。

（６）クロの視点

多崎つくるの高校時代の親友の中で、最も近しい女性だったクロは、かつてつくるに異性としての好意を抱いていた。このクロの視点は、同じグループのもう一人の女性・シロの死、という、この小説の最大の謎を解くための手がかりとなっている。

つくるにとっては、シロよりも、もともとはクロの方が、異性として近しい関係にあったはずだった。しかし、シロの存在が、クロとつくるの結びつきを妨害することになる。ここで、つくるをめぐるクロとシロの三角関係が発生するのだが、その裏側には、おそらくはシロをめぐるクロとつくるの三角関係も潜在している。つまり、シロはクロにとって大切な存在であり、つくるの存在は、二人の少女の結びつきにとっては妨害者なのだ。だから、つくるを排除する動機をもっていたのは、シロとクロの二人であり、おそらくこの物語は、二重の三角関係のもつれなのだ。つくるにとって、クロと結ばれるためにシロが邪魔であると考えると、つくるがシロを殺害する動機はあるといえる。

一方、クロこそが、つくるにとっての運命の女だったという観点からは、シロの存在が邪魔をして、この二人は結ばれないままになる。その意味では、クロはシロを殺害する動機をもっている。さらに、クロにとってシロが結ばれるべき人だとすれば、シロをつくるにとられないためにも、つくるを排除するだろうし、一方、つくるとシロの結びつきに嫉妬して、シロを殺してしまうということも考えられる。

クロの視点からみたつくるとは、人生のつまづき石のような存在で、どうころんでも、つくるがクロの人生を左右する展開となってしまう。だから、小説のラスト以降では、おそらくつくるは沙羅と結ばれず、フィンランドのクロのところに行くことになるだろう、と予想できる。あるいはそれは、つくるの現実の人生ではなく、別の時空での物語になるかもしれない。そういう可能性が、灰田のおかげで、この小説にあらかじめ用意されているのだ。

（7）語り手の視点

先に述べたように、小説の最後にいたって、登場人物の視点から離れて、第三者の語り手の視点で物語は客観的に語られる。その第三者の視点からは、沙羅とつくるの探偵コンビがたどり着こうとしていた事件の真相が、実は間違いだったかもしれない、ということがみえている。というより、語り手のみている事件の真相は、いくつもあって、沙羅とつくるは、たくさんある選択肢の一つを選ぼうとしているにすぎない、ということが読者にみえてくるのだ。だから、語り手の視点から語られる補足事項は、物語を解決に導くのではなく、逆に、せっかく明らかになりつつあった真相が、実は間違いかもしれない、と読者に思わせる働きをする。けれど、この語り手が真実を語っているかどうか、それもまた、わからない。むしろ、沙羅とつくるの見つけた真相が本当の結末なのかもしれないのだ。

　このように、語り手の視点は、第三者の客観的な叙述ではなく、複数の登場人物の視点とほぼ同じ地平にあって、選択肢の一つであるにすぎない。だから、本来は物語を神の視点から統括すべき語り手が、この小説では、神の視点から引き摺り下ろされ、単なる複数視点の一つにすぎないことになっている。その構成からいうと、この小説は、結末が完全にオープンエンドになっていて、それぞれの人物のルートによって、結末も変わりうることになる。ちょうど、ゲームのように、複数ルートで作られた構造であることがわかるのだ。

4 オープンエンドの結末の理由

本作に限らず、村上作品の多くは、明確な結末をもたない「オープンエンド」作品である。アンチ・春樹の多くが指弾するのも、その点である。だが、物語というものは本来、口承文芸であった昔は、オープンエンドであった。「物語の力」を追究する村上春樹にとって、オープンエンドは最初から確信的に選ばれた形式である。

そもそものデビュー作から、村上作品はオープンエンドである。学生時代の一夏の物語である『風の歌を聴け』には、おそらく後付けだろうけれど、後日談が、あとがきというかたちで付け足してある。ところが、あとがきのせいで、この小説全体がメタフィクション化され、全ては虚構だったという可能性を示唆して終わるのだ。つまり、この小説は、結末どころか、小説全体がオープンエンドであり、別の可能性が無数にありうる物語の一つである、という構造になっている。したがって、『風の歌』の続編ということになっている『1973年のピンボール』は、実は正しくは続編ではなく、『風の歌』の物語のありうべきバージョンの一つだといえる。小説としても、『ピンボール』は典型的なオープンエンドであり、その続きがそのまま『羊をめぐる冒険』ということになるが、別の後日談が短編で描かれている。

『羊』については、少し事情が異なる。作者自身がのちに、チャンドラーの『長いお別れ』を下敷きにしたと明かしているように、村上作品の代表作の一つであるこの長編は、明確な構成と、計算されたプロットで、この一作だけで完結する小説として書かれている。だから、村上春樹の初期の小説群である「僕」と「鼠」を主人公とした四部作は、実は、四連作ではなく、『羊』という長編を中心として、そのパラレルワールドを描いた『風』『ピンボール』『ダンス』というような捉え方ができるのだ。その他、オープンエンドの傑作として、『ノルウェイの森』『国境の南』『ねじまき鳥』『スプートニク』などが挙げられる。村上作品の長編の多くは、結末をつけない構成で書かれていることは明らかだ。

『多崎つくる』の場合も、完全にオープンエンドのしめくくりであって、小説中に語られた物語の結末は、どちらとも解釈できるように書いてある。しかも、前段に述べたように、この小説では語り手が個々の登場人物の視点を用いて物語るため、読者にとっては、第三者的な、客観的な記述というのがほとんどない。つまり、この小説での語り手は、本当は三人称の語り手ではなく、単に、カメラアイ的に物語を描き出すだけであって、『アフターダーク』での三人称の語りと、原理的には同じことなのだ。

ここでは、読者は、最初から最後まで、傍観者、観察者の位置を、語り手と共有していることになる。だからこそ、語り手の語る登場人物の言動、行動に、感情移入しやすくなる、という効果がある。また、逆に、人物に反感を覚えやすくもなるので、この手法は、両刃の剣といえる。いわば、この手法は、鏡のようなもので、読者の心を写し出して、感情がどのように動くのか、観察できるような仕組みになっているともいえるだろう。まさに、この小説自体が、鏡であり、異世界への通路として作動することもあれば、読者自身が自分のこころを見つめ直す道具ともなる。

周到に作られた物語の流れが、読者を誘い、感情を自在に操ると、その導きのまま、読者はこの小説を読みながら、感情を高ぶらせたり、人物に同感したり、また逆に、人物に反発したり、嫌ったり、不快感を抱いたりする。『多崎つくる』にアンチ読者が多数生まれたのは、そうなるように作られているからだ、と考えられるのだ。だから、『多崎つくる』を読んで不快感を募らせ、ネットで暴言をはいたり、こき下ろしたりしている読者は、村上春樹の用意した鏡をながめて、そこに写る自身の感情の動きをみながら、さらに相乗効果でますます怒ったり、憤ったり、嫌悪したりしているのだといえよう。アンチ・春樹の読者は、まんまと罠にはまったのだ。

第6章

連作短編集『女のいない男たち』——春樹自身によるもう一つの春樹ワールド

『女のいない男たち』（文藝春秋連載作品／単行本、2014、文藝春秋）

村上春樹の最新短編集『女のいない男たち』を取り上げ、連作短編としての各小説の関連性と、テーマの共通性を読みとる。また、すでに雑誌発表されている四作それぞれに描かれた、過去の村上作品のリメイクのような作りを読みとり、自作を「描き直す」ことによるメタフィクション化の構造を解読したい。

1 『ドライブ・マイ・カー』（文藝春秋二〇一三年一二月号掲載）

この短編は、最初、文藝春秋に掲載されるということだけで、すでにニュースになっていた。村上春樹はいまや、短編一つを発表するだけで報道にのるという、現代日本のカリスマ作家扱いを受けている。しかし、鳴り物入りで発売された『色彩を持たない多崎つくると、彼の巡礼の年』の場合もそうだったが、村上作品に過剰な期待をしすぎて、期待通りの大作でなかったからといって逆切れのようにけなしまくる、という風潮は、どうにかならないものか。

村上作品は、ここ十年ちかく、一定の執筆ペースで順次発売されてきている。数年ごとに大作が発表され、その合間に、中編と、短編や翻訳が出される。『1Q84』という大作が続けて三冊出されたあと、次の『多崎つくる』は、ちょっと肩の力を抜いた感じの中編になる順番だった。だから、世間にあふれた『多崎つくる』への不平不満は、お門違いだといえるのだ。

同じく、今回の『ドライブ・マイ・カー』も、そろそろ短編を一篇、出したのだという感じで、あまり構えて読まない方が、素直に楽しめると思う。そうはいっても、近年、ますます円熟の味を増してきた村上作品の、不気味なほどの深みを、この短編も秘めているといえる。

この短編は、一言でいうと、『ダンス・ダンス・ダンス』の五反田くんの、別の人生の可能性を描いたものだといえよう。

あるいは、『糖蜜パイ』の高槻のもう一つの人生、といえるかもしれない。というのも、主人公の男性は、俳優であり、その死んだ妻と関係をもっていたもう一人の俳優の男は、名前が同じ高槻、だからだ。といっても、五反田くんがそのまま出てくるわけではない。あくまでも、五反田くんが、もっと俳優として評価されていたら、こうなっていたのではないか？　と想像させるのだ。

同じく、名字は同じ高槻でも、今度の高槻は、『糖蜜パイ』の場合と違って、冴えない脇役俳優だ。しかも立場は正反対で、今作では他人の妻を寝取ることになる。思うに、この短編に出てくる人物は、これまでの村上作品で描かれた人物像をポジとすると、意識的にそれらの人物のネガを描いてみた、という印象を受ける。その中で、重要な準主役である女運転手・みさきは、『多崎つくる』のクロを髣髴とさせる。クロがそうであったように、このみさきも、がっしりした体格で、男っぽい印象の、素朴なイメージの女性だ。

この「頑丈そうな」女性は、粗野な外見でありながら、主人公の心の奥底に一石を投じる役割を果たす。こういう女性が、主人公の運命を指し示すような展開は、『多崎つくる』にも表れている特徴だ。その先駆は、『午後の最後の芝生』の少女の母親、そして『品川猿』のカウンセラーにもみられる。

今回の短編は、これまでの村上短編と同じく、淡々と進行し、ほんの少しだけ、物語世界が揺れ動く瞬間があって、再び現実が元通り進んでいく、というようなものだ。こういう短編を、村上春樹は実にうまく書く。有名な長編代表作ばかりが村上作品ではない。巧みな短編作家としての村上春樹の魅力を、この機会に、ぜひ味わってほしい。

ところで、以下は蛇足だが、この短編には、文藝春秋掲載後、意外なオチがついた。なんと、小説中に登場する実在の地名の町から、描写内容にクレームがあったのだ。この顚末については、別の章にくわしく書く。

ただひとつ、断言できることは、雑誌掲載時の読後感と、クレームがついたあと、町名が変更されてからの、単行本バージョンの読後感は、全く異なる、ということだ。「この部分にクレームがついたのだ」という意識が、どうしてもこびりついてしまって、この小説をまっさらな気持ちでは読めなくなった、ということがいえる。

さらに、実在の地名が出てくるのと、架空の町が出てくるのでは、そもそも小説の成り立ちが根本から変わってしまう、ということなのだ。特に、変更された町名が、あの『羊をめぐる冒険』に登場する架空の地名をもじったものとなれば、否応なく、この作品そのものが、『羊』とのリンクを意識せずには読めなくなってしまう。おまけに、主人公の男性が『ダンス・ダンス・ダンス』の五反田くんを髣髴とさせるとなれば、なおさら、本作が『羊』や『ダンス』の作品世界にリンクする、一種の外伝として読めてしまうのだ。

この章の最初に書いたように、本作を最初に雑誌で読んだ印象としては、『羊』とのリンクは特に感じなかった。むろん、北海道出身の人物が出てくる点では『羊』も同じだが、この短編は、やはり『羊』よりも、『ダンス』や『糖蜜パイ』とのつながりが深いように感じたのだ。それが、後付けのように、『羊』とのリンクが付け加えられたことで、作品の本質が大きく変わってしまったように思えるのだ。

小説中の地名の扱いというのは、非常にデリケートなもので、作者は、細心の注意をはらって、地名を選んだり、架空の地名を考えたりするものだ、と筆者は考える。だから、実在の地名を使うことには、それなりの必然性があり、作品がその地名を選ぶということがあるはずなのだ。

今回のクレームと地名変更の事例は、この小説にとっては不幸な顛末だと、筆者は思っている。そういう、俗世間のごたごたを抜きにして、作品世界に没入させてくれる力を本作が持っていることも、また事実であるが。

2　『イエスタデイ』（文藝春秋二〇一四年一月号掲載）

村上春樹と関西弁小説

嘉門達夫にもビートルズ「イエスタデイ」の替え歌があるという。だが、村上春樹による「イエスタデイ」の替え歌、これは実に驚くべきものだ。なぜなら、過去の村上春樹は、関西弁で語る人物をほとんど小説に描かなかったし、ましてや関西弁の替え歌など、これまで書いたことはなかった。

どういう心境の変化だろうか、この「イエスタデイ」の替え歌は、いってみれば村上春樹らしからぬ、「いちびり」のようにも読めるのだ。だが、残念なことに、せっかくの労作であるイエスタデイの替え歌は、あっさりと単行本からは姿を消してしまった。

昨日は
あしたのおとといで
おとといのあしたや
それはまあ
しゃあないよなあ
〈中略〉
あの子はどこかに
消えてしもた

さきおとといのあさってには
ちゃんとおったのにな
〈後略〉
（村上春樹「イエスタデイ」『文藝春秋』二〇一四年一月号所収　p. 397）

このような、戯れ歌のような関西弁訳の「イエスタデイ」の替え歌が、元の初出バージョンにはあったのだ。それが、単行本収録の際、冒頭のワンフレーズを残して、カットされてしまった。というのも、この替え歌が、ビートルズ関連の権利者からクレームをつけられたせいだという。誠に残念な展開だといわざるを得ない。

初出バージョンと、単行本バージョンを読み比べるとわかると思うが、この短編から、あの関西弁の替え歌を抜いてしまうと、勘所がなくなってしまう。なにしろ、単行本版では、主人公が替え歌の歌詞を覚えていないことになっているのに、元のバージョンでは、その歌詞を日記に書き留めて、忘れられなくなってしまったということなのだ。全く正反対の経過に、書き換えられてしまっている。これでは、元バージョンの主人公がこの替え歌に感じ取ったなにか重要なニュアンスが、単行本版では、ほとんどなにも気づかなかったことになってしまっている。

作者自身が、この単行本のまえがきで、「小説の本質とはそれほど関係のない箇所なので」削ったと弁明している。けれど、これはたいしたことのない変更どころか、作品の根本的な改悪にほかならない。

この短編は、主人公の一人である、いわば作者の分身のような彼が、関西弁にこだわるところ、そして、いかにも関西出身者らしい「いちびり」を、実は関西出身ではないのに、ごく自然にやっているところにこそ、意味があるのだ。彼は、遥か昔に意図的に消された、村上春樹の関西出身者としての分身だといえる。だから、あの替え歌は、もし村上春樹が小説家として、関西弁を使うことを選んでいたら、当然、もっと目に見える形で、小説の中で書かれていたはずの方言の文体を、かいま見せるものなのだ。そこには、あり得たもう一人の小説家・村上春樹の可能性があったはずだ。

村上春樹は、京都市で生まれ、幼少期から一〇代後半まで兵庫県西宮市と芦屋市で育った、関西出身の作家である。けれど、その作品には、関西方言の痕跡はほとんどみられない。登場人物が関西の人間で、関西を舞台に描いた小説でも、セリフはほとんど全て、標準語で書かれている。そのことについて、作者自身がエッセイで語っている。

関西弁に話を戻すと、僕はどうも関西では小説が書きづらいような気がする。これは関西にいるとどうしても関西弁でものを考えてしまうからである。関西弁には関西弁独自の思考システムというものがあって、そのシステムの中にはまりこんでしまうと、東京で書く文章とはどうも文章の質やリズムや発想が変わってしまい、ひいては僕の書く小説のスタイルまでががらりと変わってしまうのである。僕が関西にずっと住んで小説を書いていたら、今とはかなり違ったかんじの小説を書いていたような気がする。

（村上春樹「関西弁について」『村上朝日堂の逆襲』新潮文庫　p. 26）

けれど、『ノルウェイの森』では、リアリズム小説という必要性からなのか、ごく限られた場面だけだが、関西方言のセリフが登場している。

その後は、時々、関西方言をセリフに使うことが増えてきたのだが、今回のように、方言のセリフを多用し、しかも方言によるビートルズの替え歌まで書いてしまうというのは、村上作品では初めてのことだ。そこには、やはり意図があるのだろうと考えられる。つまり、登場人物の使う言葉のバイリンガル性、というようなテーマが読み取れるのだ。

主人公の青年は関西出身だが、ほぼ完璧な標準語を話す。一方、その分身のような青年は、東京の生まれ育ちなのに、どういうわけか、大阪弁を自ら身に付けて日常会話で完璧に使いこなす。

この二人は、どちらも、日本語の方言と標準語のバイリンガルなのだ。このように、小説の中で言語をテーマにしたような小説を、村上春樹はいくつか書いているが、これまでは意識的に避けてきた関西方言に、ずばりと切り込んだこの短編は、村上作品の中でも特別な作品だといえる。

だからこそ、単行本で替え歌がカットされてしまったことが残念でならないのだ。その替え歌のセンスの善し悪しなどは問題ではない。村上春樹が小説の中で関西弁にこめた屈折した思いこそ、大切なのだ。ちなみに、村上春樹はサリンジャー『フラニーとズーイ』を翻訳しているが、本作の中でも、この小説を関西弁で訳してみたら面白い、と登場人物に述べさせている。また、自身も、対談集の中で、同じ趣旨の発言をしている。

『フラニーとズーイ』の関西弁訳をやってみたいというのは、前々からちらちらと考えています（笑）。ズーイの語り口を関西弁でやる（笑）。

（村上春樹、柴田元幸『翻訳夜話2　サリンジャー戦記』文春新書　p. 44）

実際には、村上春樹による関西弁訳『フラニーとズーイ』は実現していないが、そういう発言からみても、村上春樹自身は関西弁の小説について、否定的ではない、と感じられる。ただ、文体的に難しい面があるのだろう、と想像はできる。だが、長編では無理かもしれないが、これから、村上春樹の関西弁語りの短編がもっと書かれることを期待したい。

さて、肝心の作品だが、村上春樹の『イエスタデイ』は、この短編集の中では、いささか出来が劣る印象だ。一読して、この作品は、主人公が自身の分身といえる親友と、その彼女との三角関係に陥る、という、まさに村上作品の定番の物語である。だから、主人公と、親友が、生まれ育ちと方言の使い方を交換可能なようにして、入れ籠構造にしてあるのも、意図的だと思える。そこからもう一歩、主人公が親友の代わりに彼女を譲り受ける、という展開にもっていくのだが、当然ながら、これが結局うまくいかない。ここまでの展開は、ほとんど予想通りだが、その後、主人公とかつての親友の彼女とが再会し、そこで、三人の関係に決定的な亀裂が入るのだ。

　ここでの再会劇は、いささか座りが悪い。つまり、再会させることの効果が、いまひとつ、うまくいっていないようにみえるのだ。せっかくの三人の関係が、ただすれ違いで終わってしまうようにみえて、それはそれで人生のむなしさを感じさせるのだが、それだけのために、わざわざ主人公と分身の入れ替えをするのも、なんだか釈然としないのだ。

　この短編は、あるいはもっと展開させて、長編に発展する可能性を秘めているのかもしれない。誰しも気づくことだろうが、この短編は、『ノルウェイの森』の物語の、もう一つの可能性であることは、明らかだ。『ノルウェイの森』が、短編『螢』からの発展形であることを考えると、この短編が、新たな『ノルウェイの森』に発展しないとはいえないだろう。特に、方言の記述の問題と、ビートルズの替え歌の問題が、もしうまく解決できるようなら、面白い展開が期待できそうに思うのだ。少なくとも、替え歌がカットされた単行本バージョンより、替え歌を収録した元のバージョンの方が、面白く読めることは間違いない。

追記「イエスタデイの歌詞削除問題」

参考記事1　村上春樹さん短編、「イエスタデイ」替え歌 大幅削除

（『読売新聞』、二〇一四年〇四月一八日）

全国で一八日に一斉発売された村上春樹さん（六五）の短編小説集「女のいない男たち」（文芸春秋）の収録作「イエスタデイ」で、文芸春秋一月号掲載時にあったビートルズ「イエスタデイ」の替え歌の歌詞を、単行本化に際し大幅に削除していたことがわかった。

同作は、収録作六編のうちの一編。冒頭に、関西弁で改作した「イエスタデイ」の歌詞一九行があったが、単行本では「昨日は／あしたのおととい で／おとといのあしたや」だけになった。また、関西弁で歌う登場人物が「誰にも迷惑はかけてへん」などと語る会話に、「著作権も侵害してないし」との文言を加えた。

村上さんは同書の「まえがき」で、該当部分を「僕の創作」とした上で、「(「イエスタデイ」の）著作権代理人から『示唆的要望』を受けた。〈中略〉歌詞を大幅に削り、問題が起きないようにできるだけ工夫した」などと説明した。

このように、ビートルズの歌詞を小説中に引用する場合、当然、権利許諾の問題がある。しか

し、これまで、村上作品では、何度も歌詞の引用があったし、そのたびに、きちんと許諾を得てあった。今回は、なぜそうならなかったのか。おそらく、替え歌だというところがまずかったのだろう。

実際、過去に、嘉門達夫による替え歌もあったが、許可が得られず、現在は公開されていないという。しかし、原曲のイメージを大切にしたい、という権利者の思いが優先されるべきなのはもちろんだが、「イエスタデイ」のような名曲ともなれば、もう少し、寛容になれなかったのか？　という疑問は残る。そもそも、「イエスタデイ」のメロディーは、いまや、誰もが口ずさめるような古典的名曲だといえるだろう。そういう名曲を、アレンジして演奏したり、歌ったりすることには、正当な許諾があれば問題ないだろう。ビートルズのジャズアレンジなど、無数に演奏されているはずだ。はたして、「イエスタデイ」の権利者は、そのジャズアレンジや、もっと激しいアレンジの演奏にも、目くじらをたてるだろうか？　歌詞の改変が、曲のイメージを損なうのなら、原メロディーの改変も、曲のイメージを損なうことにならないのだろうか？

歌詞の問題には、曲のアレンジの場合とは違って、もっとデリケートな配慮がされているのだろうか。だが、歌詞ではなく、詩歌であれば、本歌取りということがある。歌詞の場合も、それが品位をおとしめるというようにばかり受け取らず、替え歌によって、むしろ原曲の魅力がより広く、理解されるのだと、寛容に考えてはどうだろうか。ましてや、村上春樹の小説の中で、替え歌が読めるとなれば、下世話な話だが、新しく、替え歌バージョンの「イエスタデイ」が演奏されたり、様々なバージョンの「イエスタデイ」が世界中で売れる、ということにつながったかもしれない。誠に残念である。

3 『木野』（文藝春秋二〇一四年二月号掲載）

この短編は、出だしのところは、いつもの春樹らしい短編であるように読める。なにしろ、主人公は人生に敗れた孤独な中年男のバーテンダーで、そのこぢんまりとしたバーには、物静かな謎の男性客が毎日のように来たり、バーテンダーの妻は夫の親しい同僚と不倫していたり、という感じだ。だが、そのバーでたちの悪い客とのトラブルが起きるあたりから、物語は奇妙な方向に進みだし、やがて、信じ難いような展開になる。意外な人物が、主人公の運命を握っていたことがわかってくる。

この短編は、一言でいうと、あるべき姿の『ねじまき鳥クロニクル』だ。つまり、大長編『ねじまき鳥クロニクル』から派生した小説『国境の南、太陽の西』を、物語から分離せずに、両方の物語を融合して完成されたバージョン、といった趣きなのだ。

テーマは、孤独を抱えた中年男の罪と救い、といえる。これまでの春樹作品では、主人公の男を運命的な女性が救う、というパターンだった。ところが今回は意外にも、救いは全く想像しない方向から現れる。先回りしていってしまうと、これは、植物の化身が人間を救う怪奇譚、だといえるのだ。

いつもの春樹ワールドのパターンと同じく、猫が重要な脇役で登場するが、今回は、猫以外にも、蛇、鳥たち、庭木といった多彩な動植物が登場し、それらはまるでもののけのような働きをみせる。いわば、「ミヤザキアニメ」のような雰囲気を醸し出しているのだ。

元々、村上春樹は、デビュー当時、モダン・ホラー小説の大家、スティーブン・キングについて、論考を書いていた。春樹自身も、キングそこのけのモダン・ホラーの名手である。春樹の主なホラー作品は短編集にまとめられているが、今回の短編でも、その腕前を存分に発揮している。しかも、今作では、単なるホラー的展開だけではなく、ラストに向って、孤独感と心の痛み、感情の奥底の闇をこれでもか、とえぐり出していく。

登場人物たちの心の有象無象を救うのが、自然の存在であることを示唆している本作は、作者の新たな境地を拓いた見事な佳作だといえる。しかも、この作を元に、おそらくは長編が書かれるであろうことが予感できる。それほどに、この作には、深いなにかが潜んでいる。短編で締めくくるのは、いささか無理があるくらい、過剰な力が、この物語には宿っている。だから、この短編の結末が、いささか無理矢理なのは、やむを得ない。本来、これは長い物語の序章になるべきエピソードなのだ、と思える。

さて、この短編も、単行本『女のいない男たち』所収の一作となった。短編集でまとめて読むと、この短編の中に隠された遊び、仕掛けが明らかになって、より面白い。タイトルにもなっている「木野」のバーは、同短編集所収の「ドライブ・マイ・カー」にも登場しているのだ。ただ単に、「青山の小さなバー」として出てくるから、特に気にしなくてもいいのだが、あえて同じ店を登場させているのは、作者の遊び心だろう。

独特の雰囲気のある店が作中に登場すれば、その店になにかいわくがあるように想像するのも、読書の楽しみだ。さりげなく店の秘密をかいま見せる部分が、別の短編に隠されているというのは、短編集をまとめて読む醍醐味ではなかろうか。

ところで、その読書の楽しみをぶち壊しにする書評もあるので、要注意だ。こんな書評は、読んではいけない、と警告したくなる。なにしろ、某紙書評欄の村上春樹『女のいない男たち』評は、ネタばれ全開だった。特に、ここに紹介したような、作者が密かに仕掛けた遊びを、完全にバラしていた。こういうのは、読者の読む楽しみを奪う書評だといえよう。それだけでなく、長編ならまだしも、短編の結末を書いてしまっている書評も最悪だ。そもそも短編というのは、最後のオチが命のような作品も多い。筋を明かされると、読む楽しみを奪われてしまいかねない。書評というのは、あらすじを書くことではないはず。たとえあらすじを書くとしても、結末は隠しておくのがマナーだと思うのだ。

4　『独立器官』（文藝春秋二〇一四年三月号掲載）

この小説は、『回転木馬のデッドヒート』と同じような趣向で書かれている。つまり、作者自身が聞いた話、実話として書かれているのだが、実際には書き手の作者も架空の書き手である、という入れ籠構造の、一種のメタフィクションである。

これは、村上春樹がよく使う手法だし、元々、近代小説の常套手段だから、小説を読み慣れた読者なら、特に抵抗なく読むだろう。けれど、作中にわざわざ、書き手の名前（もちろん村上春樹ではない）が記されているのは、なにかくどい印象がある。おそらく、これがフィクションであるということを確認させるためにわざわざそうしたのではないか？　と思わせるくどさである。というのも、この同じ文藝春秋連載の連作短編に、実名使用についての抗議があったばかりだから、もしかしたら、編集部のほうで、誤解を避けるために予防線を張ったのではないか？と勘ぐりたくなる。

それはともかく、小説自体は、ごくありきたりな告白小説にみえる。けれど、そこに描かれる物語は、かなり不自然な、というより、ありえないほどリアリティのない展開をみせるのだ。

これは、『回転木馬のデッドヒート』の場合より、成功しているとはいえない。また、物語内容の性質上、読者によっては非常に不快感を抱くことも予想できる。だが、その点についても、作者は、あらかじめ予防線を張るかのように、皮肉っぽいコメントを挿入している。つまり、この物語は、読者に不快感を与えかねないことを承知の上で、自覚的に、わざと非現実的に書かれたものだといえる。

ではなぜ、作者は、わざわざリアリティの乏しい物語を書いたのか？　そこで読者は、フィクションというものの意味を問い直すことになる。おそらく、作者の狙いはそこにあるのだろう。フィクションを書く意味の一つとして、非現実的な物語を描くことができる、ということが挙げられる。もちろん、非現実的な物語であっても、現実的に読めるよう工夫して描く必要はあるし、そうでなければ読者は読んでくれないだろう。だから、この短編をわざわざ入れ籠構造にして、作者自身が聞いた実話、といった体裁にしたのは、一つには、読者をひきつけるための手段だといえる。

けれど、そういう手法は、先に書いたように、すでに古典的といっていい方法で、今更、実話めかして書いてあるからといって、現代の読者は、やすやすとだまされてくれたりはしない。つまり、作者はわざと古典的な小説を書いたのではないだろうか。読者に、いかにも小説らしい形式の小説を提示したかったから、物語そのものを直接物語るのではなく、あえて語り手として架空の作家を導入し、その語り手をさらに上位視点の語り手が描写する形式にした、と思えるのだ。

実のところ、物語そのものは、現代社会ではありえないような非現実的な出来事なのだが、作者が読者に提供したかったものは、本当は、ありえないような物語そのものだったのかもしれない。例えば、ありえないような物語でも、他人のみた夢のお話だったりすると、ありえないとわかっていても、「まあ、夢だしな」と思って、ついつい聞き入ってしまうこともあるだろう。

そして、他人の夢というものは、なにげなく聞いていただけなのに、妙に心に残って、それが自分の夢に出てきたりすることもある。つまり、夢の受け渡しというべき作用が、知らず知らず行われているのだ。

これは筆者の考えだが、小説を読むとは、実は他人の夢を受け渡されていることなのかもしれない。作者のみた夢を、読者は文章を読むことで受け渡され、同じ夢を共有することになる。そういう「秘儀」を小説家は行っているのかもしれない、と筆者は考えている。だから、現実にはありえないようなお話なのに、小説として読むと、なにか心の奥にイメージを受け取ってしまって、無意識のうちにそのイメージを自分のものとして大切に預かっているということも、ありうるのではなかろうか。

以前、村上春樹は講演で、「作者と読者は作品を通じて、心の地下二階でつながる」という趣旨のことを述べていた。無意識の、そのまた奥の深いところで、他者とつながってしまうことは、現実の生活ではめったに起きることではない。その稀有な体験を、すぐれた小説は味合わせてくれる、ということだ。すぐれた小説を読むことで、読者は地下二階に降りていくことができ、そこで他者の集合意識のようななにかと接続することが、まれに起こるのかもしれない。たとえありえないような物語だと思っても、小説を読み進めるうちに、不思議と引込まれたり、心が洗われるような気分になるのも、そう考えると納得できるのではないか、と筆者は考えている。

この短編で、語り手の作家は、村上春樹自身の分身に近い、よく似た境遇の作家として描かれている。その作家が、知人の医者から打ち明け話をされ、物語の主人公であるその医者の人生に、いつしか深く関わるようになる。その医者は、ちょっとありえないような、安物ドラマのような薄っぺらい人物造形をされているが、それはこの語り手の作家が、村上春樹本人ほどは人物描写に長けていないことを現している。

この短編の語り手の作家は、少なくとも、『糖蜜パイ』や、『日々移動する腎臓のかたちをした石』の淳平ほどは、腕利きの作家でないといえる。けれど、あえて腕の悪い作家を模して、語り手となる、というのも、おそらくは小説家としての腕の見せ所なのではなかろうか。

それはさておき、この凡庸な腕前の作家が描く主人公の医者は、語り手自身をも否応なく、奇妙な運命に巻き込んでいく。

この物語のテーマは「形見分け」である。語り手は、最後に奇怪な死に方をする医者から、ある形見を残される。その形見を受け取ることで、語り手自身も、おそらくは奇怪な運命を受け取ったのだと思わせる。だが、語り手がその後、たどるかもしれない奇怪な運命を、作者はそれ以上、描かないまま、放置する。それは、おそらく、だれしもそういう奇怪な運命を他者から受け取ることがあるのだ、ということの示唆ではなかろうか。この小説の結末の続きは、読者自身に委ねられているといえよう。小説を読むとは、見知らぬ他者から運命を引き継ぐという疑似体験ではあるまいか、と筆者には思えるのだ。

　最後に蛇足を一つ。この小説は、出だしの部分に、いささかくどいぐらい、読者への注意書きのような文章が出てくる。おそらく、本来はこれらの文章は不要なものではないか、と感じる。作者が読者サービスとして書いているのか、あるいは世間での受け取られ方を気にかけて予防線を張っているのか、定かではないが、いささか筆が滑っている印象を受けた。

①

つまり僕が言いたいのは、まったく純粋な客観的事実だけでこのポートレイトが出来上がっているわけではないということだ。

（村上春樹「独立器官」『文藝春秋』二〇一四年三月号所収　p. 417）

②

適度の距離をとってそのポートレイトを眺めていただければ、細部の微妙な真偽はそれほど重要な問題にはならないことが、おそらくおわかりになるはずだ。（同　p. 417）

③

だから、こういう率直な物言いはあるいは世間の多くの人々から強い反感を買うことになるかもしれないが、これまで交際する女性に不自由したことはない。（同　p. 418）

特に、③の部分など、まるで、話題になった『多崎つくる』への「イカ臭い」Amazonレビューを、逆におちょくっているような印象を受けるのは、筆者だけだろうか。これらの箇所は、単行本にも、そのままの形で収録され、手を入れられていない。どうやら、これらの箇所は、作者の意図通りの記述なのだと考えられる。村上春樹は意外に自作への論評を気にしているのかもしれない、と筆者は勝手に想像している。

5　「シェエラザード」（「モンキー vol.2」掲載）

これは、この短編集所収五作のうち、『独立器官』と並んで、もっとも内省的な、意味深い小説だと思える。

一人の中年女性が、シチュエーションは不明ながら、エージェントかなにかの仕事をしているらしい男性のもとに、性的奉仕のために通ってくる。その男性は、毎回、この女性が話してくれるお話を、いつしか心待ちにするようになる。モチーフは、タイトルの通り、「千夜一夜物語」のものと同じだが、この男女がやっている行為は、一種のカウンセリングであるように読めるのだ。

本来、接するはずのない、全く接点のない男女が、親密に情交をしつつ、奇妙な打ち明け話を毎回、聴く。そのお話を通して、彼女の存在は、男にとって、魂の深いところで重みをもってくる。二人が共通の夢の中で、八つ目ウナギになってしまうところなどは、まるで「千夜一夜物語」そのもののようで、一種の説話、神話のレベルまで、小説の世界が掘り下げられているといえよう。

> そしてやつめうなぎたちのことを想った。石に吸い付き、水草に隠れて、ゆらゆらと揺れているを顎を持たないやつめうなぎたちを。彼はそこで彼らの一員となり、鱒がやってくるのを待った。
>
> （村上春樹「シェエラザード」『女のいない男たち』文藝春秋　p. 210）

こういう種類の、内省的な物語を短編で描くのは、村上春樹の真骨頂だといえるのだ。例えば、初期の短編『午後の最後の芝生』や『土の中の彼女の小さな犬』にみられる、人の内面を掘り下げる文体は、その後の村上作品にはあまりみられなくなったものだが、長編の場合と違って、短編では時々姿を現す。

僕は恋人のことを考えた。そして彼女がどんな服を着ていたか思い出してみた。まるで思い出せなかった。

〈中略〉

僕が帽子を思い出そうとすると、彼女の顔は誰かべつの女の子の顔になっていた。ほんの半年前のことなのに何ひとつ思い出せなかった。結局のところ、僕は彼女についていったい何を知っていたのだろう？

（村上春樹「午後の最後の芝生」『中国行きのスロウ・ボート』中公文庫　p. 151）

僕は彼女の手をとり、ちょうど手相を見る時のように、手のひらを僕の方に向けた。彼女は手からすっかり力を抜いていた。長い指はごく自然に心もち内側に向けて曲げられていた。彼女の手に手をかさねていると、僕は自分が十六か十七だった頃のことを思いだした。

（村上春樹「土の中の彼女の小さな犬」同　p. 203）

『東京奇譚集』にも、『神の子どもたちはみな踊る』にも、そういう短編がある。「シェエラザード」は、二人の男女が、それぞれに抱えた孤独を、偶然の出会いによって埋め合わせるという筋書きで書かれている。しかし、その筋立ての中に描き込まれているのは、運命的な邂逅と、輪廻転生の記憶、心の深いところでつながっている魂の触れ合い、といった感覚だ。これは、村上春樹が常々、自作の執筆方法について語っていることが如実に表れている作品例だといえる。講演で村上氏が語った「地下二階」に降りていく執筆方法については、河合隼雄氏も対談で、カウンセリングとの類似性に同意している。

村上　でも、ぼくも、小説家だから相手と対面する必要はないけれども、そういうのはあります。ぼくの小説を読んで、自分の問題が非常に明らかになったと、手紙を書いてきたりする人がいます。

河合　それは、ものを書いておられたらしょっちゅう起こるでしょうね。

村上　「どうして自分のことを書いたのか」という人が非常に多いのです。

〈中略〉

河合　われわれはそういう点ではむずかしい仕事をしているわけですが、それも、ぼくにとっては、ぼくの病いを治すためのひとつの必要なことなんです。
（河合隼雄、村上春樹『村上春樹、河合隼雄に会いにいく』新潮文庫　p. 162-163）

まさにこの短編では、二人の男女が、本来接点のない状態から、奇妙な流れに運ばれて、親密な関係になり、互いの心を癒すことになる。その結末は、おそらくは悲劇を予感させているのだが、この二人の魂は深いところで交わっていて、やがて、別の時空、別の宇宙で、人間以外の存在として再会することがほのめかされている。

また、特筆すべきなのは、この小説では、中年女性が心の底に秘めたエロスを、生々しく描き出していることだ。村上春樹の小説で、ここまでエロスを赤裸々に描くのは、実は珍しいことだ。世間的には、性描写が過激だとよく批判される村上作品だが、実際には、その性描写は極めて非現実的で、あたかもアニメーションかなにかのように実在感のない描写が、その特徴なのだ。けれど、この短編では、女性が告白する性的な欲望とその体験の描写が、とてもリアルで、臭いまでただよってきそうな過激さである。

シェエラザードはそのシャツを持って二階に上がり、もう一度彼のベッドに横になった。そしてシャツに顔を埋め、その汗の匂いを飽きることなく嗅ぎ続けた。そうしているうちに、腰のあたりにだるい感覚を覚えた。乳首が硬くなる感覚もあった。

（村上春樹「シェエラザード」『女のいない男たち』文藝春秋　p. 200）

この作品は、読者にカウンセリングを疑似体験させるような構成になっているが、読み進むうちに、まるで読者自身が主人公の彼女自身の過去を追体験するような、リアルな回想に踏み込むだろう。つまり、この小説の勘所は、「回想」だということだ。

小説というのは、基本的に回想形式をとることが多い。そもそもの成り立ちが、過去語りだからだが、村上春樹は、この短編で、正統的な過去語りの物語の形式を模して、その実、これまで村上作品にはなかった密度の濃い自分語りを実現しているように思える。これは、とても興味深い事例で、客観的な語りの形式をとりながら、自分語りを物語る、という、形式上の工夫が、小説の完成度を高めているといえよう。

ともあれ、この小説で描かれたような、女性の内面描写、性描写の緻密な作品を、これから書かれる村上作品にも期待したいと思う。

6 「女のいない男たち」（単行本書き下ろし）

この短編は、小説というより、拡大されたあとがきのようにみえる。短編集全体のテーマを、多種多様な比喩を用いて述べているのだが、物語というものはほぼ、ないといえる。唯一、一四歳の絶対的な美少女、というモチーフが、『ダンス・ダンス・ダンス』のユキのその後のようで、面白いのだが。

僕らは十四歳のときに中学校の教室で出会った。たしか「生物」の授業だった。
〈中略〉
そして僕は文字通り一瞬にして彼女と恋に落ちた。彼女は僕がそれまでに目にした中で、いちばん美しい女の子だった。

（村上春樹「女のいない男たち」『女のいない男たち』文藝春秋　p. 269）

この少女は、『ダンス・ダンス・ダンス』のユキの一年後の姿だと考えて、ほぼ間違いないだろう。なにしろ、『ダンス』のユキは、語り手の「僕」をして、「君は僕がこれまでにデートした女の子の中ではたぶんいちばん綺麗な女の子だよ。いや、たぶんじゃない。間違いなくいちばん綺麗だよ。僕が十五だったら確実に君に恋をしていただろうね」（『ダンス・ダンス・ダンス』より）といわしめたほどの美少女だった。一三歳だった彼女が、その一年後、この小説の語り手を、一四歳のときに、まさに宿命的な恋に、たちまち落としてしまった、というわけだ。

そうして、語り手の男性は、彼女に翻弄され、最終的には、「女のいない男」となってしまう。もっとも、これらのストーリーは、この小説の中でほとんど必然性はない。まるで、文章の都合のためだけにこしらえられた、適当な物語、便宜的に選ばれたストーリーのようにみえる。

> さっきまでそこにいたのに、気がついたとき、彼女はもういない。たぶんどこかの小狡い船乗りに誘われて、マルセイユだか象牙海岸だかに連れていかれたのだろう。僕の失望は彼らが渡ったどんな海よりも深い。どんな大烏賊や、どんな海竜がひそむ海よりも深い。
>
> （同　p. 270）

かつての村上短編では、この種の、比喩的な文体だけで書かれたストーリー抜きの短編も、面白く読めた。例えば、短編集『螢・納屋を焼く・その他の短編』『パン屋再襲撃』の例をみてみよう。

我々のテーブルのウェイトレスはキム・カーンズにそっくりのとびっきりの美人だ。白っぽいブロンドで、ブルー・アイズで、胴がきりっとしまっていて、笑顔が可愛い。彼女はまるで、巨大なペニスを讃えるといった格好でビールのジョッキを抱え、我々のテーブルに運んでくる。

（村上春樹「三つのドイツ幻想」より「2 ヘルマン・ゲーリング要塞 1983」『螢・納屋を焼く・その他の短編』新潮文庫 p. 180）

妻があらたなる食物の断片を求めて台所を探しまわっているあいだ、僕はまたボートから身をのりだして海底火山の頂上を見下ろしていた。ボートを取り囲む海水の透明さは、僕の気持をひどく不安定なものにしていた。みぞおちの奥のあたりにぽっかりと空洞が生じてしまったような気分だった。出口も入口もない、純粋な空洞である。

（村上春樹「パン屋再襲撃」『パン屋再襲撃』文春文庫 p. 16）

これらの小説は、まさに当時、その時代の特徴だった上っ面の華やかさ、無意味で浮薄な楽しさ、意味のない言葉が、必然性もなくあとの言葉を次々と紡ぎ出すような、言葉遊びの楽しさを十二分に実現している、といえよう。それは、これらの作品の生まれた時代の産物であり、作者にとっても、書かれたそのときの真実を体現するものだろうと思える。だから、多少言葉は古びても、これらの言葉遊びの作品は、いまでも読者の心に少なからず響いてくる。

　だが、本作では、言葉が奇妙に上滑りしているようにみえる。それは、今の時代と、かつての浮薄な時代との違いが、たくらまずして際立った例なのかもしれない。あるいは、この短編は、作者自身がまえがきで解説しているように、一気に書かれたものなので、この短編をベースに、いずれは長い物語が立ち上がってくる可能性もあるかもしれない。その場合には、おそらく、『スプートニクの恋人』のような、言葉遊びとレトリックを全面に出した、しゃれた長編になるのだろうと予想している。ともあれ、この短編は、一つの独立した短編というよりは、短編集全体のテーマをまとめて、説明したような、あとがきとして読むと、違和感がないだろう。

第7章 春樹バッシングの人々
――デビュー当時から、「イカ臭いレビュー」まで

デビュー当時から賛否両論がつきまとっていた村上作品だが、近年特に激しいバッシングで炎上する傾向は、この国の小説、文学のありようを、コインの裏表のように体現しているといえる。人々はなぜ村上作品をかくも激しく攻撃するのか？　村上作品を、日本人の精神の鏡像として読み解いてみようと思う。

1　村上春樹叩きの風潮を嘆く

村上春樹の『色彩を持たない多崎つくると、彼の巡礼の年』で大もうけしようとする人が多い。もっとも、自分も村上春樹研究本を出しているからには、人のことは言えないが。しかし、言い訳だが、自分の場合は、村上春樹への敬意からスタートした本である。

一方、村上作品をけなすことが世間に受けるという風潮が固定化したようにみえる。これは日本人にとって不幸な展開だろう。

なぜなら、もし村上氏がノーベル賞を受けたとき、素直に喜べないということになるからだ。大江健三郎のときも、そうだったように記憶している。そもそも、国内の村上作品批判は、そのほとんどが、あの売れ行きに対する嫉妬だと思う。『ノルウェイの森』以来、これは変わらない。日本人の心性として、出る杭は叩かずにいられないという癖がある。醜いな、と感じるのは、村上春樹人気あやかり商売で大もうけしようとしながら、一方で、村上作品への敬意を表明することは許されないような風潮があることだ。村上春樹を叩けば儲かる、というような売り方は、毒舌を売りにする芸人なら構わないが、批評とはいえないだろう。

だいたい、村上作品を読んで素直に感動したり、生きる力をもらったりしている読者に対して、「こんなひどい小説に感動するなんて、あなたは愚かだ」と言うようなことになるではないか。大変失礼なやり方ではあるまいか。

『１Ｑ８４』を読んで、実際に、素直に感動して生きる勇気をもらったという読者と会ったことがある。だから、『多崎つくる』を読んで、実際に感動した人を、横からしたり顔で小馬鹿にするような言説は、たとえそれが売れるとしても、感心はしない。

村上春樹の小説が売れることで、日本の文学や出版界がどんなダメージを受けるというのだろうか？　むしろ、今の日本文学や出版界は、いわゆる「村上特需」がなければ、息も絶え絶えではないだろうか？　だとすれば、嫉妬丸出しで村上作品を叩くより、もっと前向きに、村上作品を日本文学や出版界の発展に活かすことを考えてはどうだろう。

参考記事1　孤独なサラリーマンのイカ臭い妄想小説
（ドリー　レビュー二〇一三年五月三日）
対象商品：色彩を持たない多崎つくると、彼の巡礼の年（単行本）（レビューのＵＲＬは巻末参考資料に）

2　【村上春樹さん新作はイカ臭い？　とてつもないAmazonレビュー】というのを【滅多切り】する

村上春樹バッシングと真っ向から対決しようと思い立ち、【村上春樹さん新作はイカ臭い？　とてつもないAmazonレビュー】というのを「滅多切り」してみた。

以下、【村上春樹さん新作はイカ臭い？　とてつもないAmazonレビューに1万人が「参考になった」「本編よりもおもしろい」という声まで。】という、噂のAmazonレビューを引用し、いちいち反論しようと思う。

レビュー①

〈前段略〉あらかじめ言っておくと、ボクは村上作品のいい読者ではありません。ノルウェイの森も途中やめにしてるし、アウ《ママ》ターダークも途中退場、まともに読んでるのは象の消滅っていう短編集と風の歌を聞《ママ》けぐらい

筆者の反論1

×「アウターダーク」 → ○「アフターダーク」
×「風の歌を聞け」 → ○「風の歌を聴け」
一言コメント「せめて作品名ぐらい正確に書きましょう」

レビュー②

1973年のピンボールなんか朝おきたらベッドの中にかわいい双子のおんな子がいたー！　って時点で床に叩きつけています。

筆者の反論2

そういう物語の展開が嫌いだというのは、単なる読者の好き嫌いであって、作品の良し悪しには関係ありません。

レビュー③

「風の歌を聴け」をはじめて読んだときは衝撃をうけました。〈中略〉ジャズバーにいたら自然と女が寄ってきて、そんで全然そんな気ないのに、ちょっと会話してたらもう部屋に連れ込めてるんだぜ？　そんでワインのコルクを果物ナイフの先っぽでこじあけようとしてんだぜ？　果物ナイフでだぜ!?　「ビーフシチューは好き？」とか女に聞きながらだぜ……。

筆者の反論3

×「ちょっと会話してたらもう部屋に連れ込めてる」

一言コメント「酔いつぶれた彼女を彼女の部屋に送り届けて、一晩中何もせずに朝まで付き添っていただけ」

×「コルクを果物ナイフの先っぽでこじあけよう」

一言コメント「これは、コルク抜きを忘れたからです」

×「「ビーフシチューは好き？」とか女に聞きながら」
一言コメント「これは、逆に彼女が彼に訊いたセリフです」

レビュー④

しかもそのムードのまま、しっぽり、やれちゃうんだぜ。しかもやってる最中に、「あなたのポコチンはレーゾンディートルね」とか言われちゃうんだぜ？

筆者の反論4

×「しかもそのムードのまま、しっぽり、やれちゃうんだぜ。」
一言コメント「彼女は堕胎手術を受けたばかりで、その夜、彼はなにもせずに添い寝しました」
×「やってる最中に、「あなたのポコチンはレーゾンディートルね」とか言われちゃう」
一言コメント「それは、その彼女ではなく過去の彼女の場合です」

レビュー⑤

ここでノックアウトされるものはハルキニストになり、ここで「ちっ」と舌打ちするものはアンチ村上に転ずる、と言われております。

筆者の反論5

以上のような誤読をしている時点で、舌打ちする以前に、自身の読解力をもう少し鍛えるべきかと。

レビュー⑥

これはつまり、孤独なサラリーマンの妄想小説なのですな……。いやー……そんなイカ臭い妄想には付き合っていられません……。

筆者の反論6

根本的な間違いですが、村上春樹氏はこれまで一度もサラリーマンになったことがありません。したがって、村上作品がサラリーマンの妄想であるとはいえません。

以上、反論していくと、切りがない。このように、このレビューは、村上春樹作品を全く読んでいない人が書いたか、あるいは、とんでもない読み間違いをする程度に斜め読みした人が書いたか、そもそも読解力の乏しい人が書いたか、だと思われる。

このレビューを、参考になった、とした一万人の方々に老婆心から忠告したいが、ご自身で村上春樹作品のどれかを一冊、試しに読んでみて、ご自分で判断なさる方がよいだろう。このレビューは、村上春樹作品のレビューとしてあまりにも事実誤認、内容不正確なので、信頼できないといわざるをえない。

したがって、話題の【村上春樹さん新作はイカ臭い？】レビュー本である『村上春樹いじり』は、おすすめできない、といえる。そもそも、この本のタイトルの「いじり」とは？　春樹をネタにするということ？　それとも、ものまね芸のつもり？　ネタであれ、ものまねであれ、芸としてやるなら、もっと元ネタを読み込んで、正確に引用してほしいものだ。

もっとも、さすがに、本にまとめるにあたっては、引用する各作品を通読、あるいは再読したらしい。なぜなら、以前のレビュー記事では読み間違えていた点について、今回の各章では一応、作品内容の誤読を回避できている部分もあったからだ。けれど、元の記事をほぼそのまま使った『多崎つくる』の章での誤読は、訂正されていない。これは、故意に残したのか、あるいは訂正するのが面倒だったのか？　いずれにせよ、完全に内容を誤読したままの『多崎つくる』レビューを、訂正しないまま掲載しているようでは、別の章で『風の歌』を辛辣にレビューしても、これもやっぱり誤読ではないか？　と思えて、白けてしまう。

さて、タイトルにある「いじり」が、「つっこみ」の意図だとして、著者がつっこんでいるのは、村上作品の「表現」「設定」「キャラ」の部分ばかりだ。作品の表面ばかりあれこれ文句をつけていても、それはただの好き嫌いでしかない。そんなに嫌いなら、「いじり」などと逃げないで、いっそ正面切って、堂々と作品や作者を批判したらいい、と思う。過去にも、現在も、村上春樹に正面切った論戦を挑んでいる評者は多数いるからだ。

いくらタイトルで「いじり」といって逃げても、この本は、どうみても村上春樹への悪意と嘲笑に満ちた攻撃だ。しかも、小説の内容を読み違えたまま、文句をつけている。いくら売れればいいといっても、ちょっとあんまりな感じではないか？

この本は、村上春樹の愛読者はもとより、村上春樹を読んだことのない人にも、できれば読んでほしくないと思う。なぜなら、この本を読んでアンチ春樹の先入観を植え付けられるより、村上作品を一冊読んで、自分の目で確かめてほしいからだ。

第8章 村上春樹作品中の煙草ポイ捨て描写へのクレームについて
――この国の小説はどうなってしまうのか？

1 村上春樹「煙草ポイ捨て」問題

本書の第6章で触れた、村上春樹作品中の煙草ポイ捨て描写への抗議について、思うところを書く。これは、私にとって、他人事ではないと思えるからだ。もの書きなら、それも小説書きなら特に、第三者からの抗議を恐れるだろう。

今回の村上春樹への抗議以前にも、小説への抗議は多々あったし、それらは法的に争われている場合も多い。たいていは、出版社が前面に出て法的に対応するが、週刊誌記事などで、ライター個人が法的に争うはめになり、結果、負けて巨額の損害賠償をしなくてはならなくなった例もある。

村上春樹の今回の場合は、まだ出版社への質問書ということなので、今後どうなるかはわからない。（[注]この文章は、二〇一四年二月上旬の時点のもの）おそらく、出版社が直接、弁護士経由でやりとりし、和解の道を探るだろう。あるいは、村上春樹自身が前面に出て、法的に争うということもあるかもしれない。ただ、個人が公にした文章の中でも、小説の場合は、フィクションであることが前提なので、その他の文章の場合とはやや異なるだろう。今回の場合、事実関係が報道でしかわからないので、あくまで想像でしか書けないのだが、問題となっている小説の当該箇所を読んで、自分自身は違和感を感じなかった。

問題となった箇所は、筆者が以前、ブログレビューでも指摘した、作品の鍵となる重要な登場人物が、作品中で社会的に不適切な言動をしている部分だ。もっとも、この登場人物の作品内での意味合いを考えた上で抗議が出されたものかどうか、よくわからない。単に、公の文章表現として問題だ、という趣旨かもしれない。もしそうなら、作者は具体的な地名を削除するなり、イニシャルにするなり、出版社と相談して対応するかもしれない。

だが、筆者の考えでは、この問題箇所は、作品の鍵を握る人物の言動の描写であり、作者としてはおそらく考え抜いて書いたものだと推察する。だから、おそらく作者は、この部分を今後、変更するかどうか、非常に悩むのではないか？　と思うのだ。また、問題の部分について出版社が発表前に問題視したのかどうか、作者に校正段階で変更を示唆したかどうか、気になるところではある。そういう詳細は、きっと表には出てこないだろうが。

次に、今回の問題は、村上春樹だから抗議したのか？ という点に疑問が残る。つまり、もしもっと世間的に知名度の低い作家の小説に、同じ町について、登場人物が作品中で社会的に不適切な言動をしている部分があったとして、それらを全て問題視するのかどうか？ ということだ。筆者としては、この場合の方を危惧している。

またもし、村上春樹という影響力の大きな作家の作品だから抗議したのだとすると、それはそれで、別の意味で判断のわかれるところだ。

ちなみに筆者の書いた小説の中にも、固有名詞を書いた箇所は多々ある。小説を書く上で、固有名詞を書くことのリスクが高いことを考えると、これからはなるべく固有名を出さないで書く方が安全だということはいえる。いずれにせよ、おそらく今後は、これまで以上に出版社が自主規制的に校正段階でのチェックを厳しくするだろう。あとは作家と出版社が、どこまで作品の表現にこだわるか、社会的に不適切な表現を自主規制するか、という問題になっていくと思う。

最後に、文章表現の問題というのは、一般論で語っても、実はあまり意味がない。実例について論じないで、一般的に文学表現がどうこういうのは空論だ。だから、今回の村上春樹の事例について、筆者の考えを以下に述べておく。

参考記事1　春樹小説に抗議へ　中頓別町ではたばこのポイ捨てが普通のこと

（『毎日新聞』二〇一四年二月五日）

「中頓別町ではたばこのポイ捨てが普通のこと」

作家の村上春樹氏が月刊誌「文芸春秋」の昨年一二月号に発表した短編小説で、北海道中頓別（なかとんべつ）町ではたばこのポイ捨てが「普通のこと」と表現したのは事実に反するとして、同町議らが文芸春秋に真意を尋ねる質問状を近く送ることを決めた。町議は「町にとって屈辱的な内容。見過ごせない」と話している。〈後段略〉

参考記事2　村上春樹氏作品に質問状送付へ　北海道中頓別町議ら

（『朝日新聞』二〇一四年二月五日）

作家の村上春樹氏が月刊誌「文芸春秋」の昨年一二月号に発表した短編小説「ドライブ・マイ・カー」に、町への誤解を招く表現があるとして、北海道中頓別町の町議が連名で出版元の文芸春秋社に、真意を問う質問状を送る準備を進めていることが五日、わかった。〈後段略〉

さて、以下、引用するのは、村上春樹『ドライブ・マイ・カー』の、主人公の家福（俳優）と、そのプライベート運転手であるみさきという女性のやりとりである。今回、問題とされている箇所を含む前後の場面を引用する。


「運転はどこで身につけたの？」

「北海道の山の中で育ちました。十代の初めから車を運転しています。車がなければ生活できないようなところです。一年の半分近く道路は凍結しています。運転の腕はいやでも良くなります」　（村上春樹「ドライブ・マイ・カー」『文藝春秋』二〇一三年一二月号所収　p. 335）

彼の所属する事務所が、給与支払いのための正式の書式を必要としていたので、みさきに現住所と本籍地と生年月日と運転免許証番号を書いてもらった。彼女は北区赤羽のアパートに住んでおり、本籍地は北海道中頓別町、二十四歳になったばかりだった。中頓別町というのが北海道のどのへんにあるのか、家福には見当もつかない。しかし二十四歳というところが胸にひっかかった。

家福には三日だけ生きた子供がいた。女の子だったが、三日目の夜中に病院の保育室で死んだ。〈中略〉その子が生きていればちょうど二十四歳になる。　（同　p. 340）

北海道中頓別町からやってきた自分の娘くらいの年の女を相手に、どうしてこんな話をしているのだろうと家福は思った。しかしいったん語り始めたことを、彼は止められなくなっていた。

「だからその人を懲らしめようと思った」と娘は言った。

「そう」

「でも実際には何もしなかったんですね？」

「ああ、しなかったよ」と家福は言った。

みさきはそれを聞いて少し安心したようだった。小さく短く息をつき、火のついた煙草をそのまま窓の外に弾いて捨てた。たぶん中頓別町ではみんなが普通にやっていることなのだろう。

「うまく説明できないんだけど、あるとき急にいろんなことがどうでもよくなってしまったんだ。

〈以下略〉（同　p. 354）

これらの部分は、主人公の男になにか強い影響力をもって関係してくる副主人公の女性について、その出自（むろん架空の、だが）を説明し、言動を描写している。この女性は、こういう出自の、こういう言動をする人物だからこそ、主人公に対して、ある作用を及ぼすのだ、という意味合いが、そこには読み取れる。だから、この部分について、もし、出自を書かず、あるいは地名をイニシャルや架空の名にすると、おそらくは印象がかなり弱まるだろうと考えられる。

実在のその地名を読者が知っていたとしても、知らなかったとしても、現実にある地名というのは、少なからず磁場を持っている。だから、仮名にした場合は、読んだ印象がきっと異なるはずだと筆者は考えている。つまり、仮名というものは、実在の地名より、作者の意図が無意識に露呈しがちだから、仮名をつけることによって、計算ずくの印象が否応なくにじみ出るだろうということだ。だから、作者が重要な登場人物の出自として、実在の地名を書いたことには、明確な表現上の意図があるものと考える。その証拠に、以前、作者は別の小説の改訂の際、逆のことも試みているからだ。つまり、実在の名前を、仮名に変えたり、実在の名前の部分をカットしたりすることで、作品の印象を少し変えてみせたことがあるのだ。今回も、初出では実名だったものが、単行本化する際には仮名になるかもしれない。

小説の中の人物について、ある表現意図をもって実在の地名や固有名詞、実名などを使った文章が書かれるのは、小説の持つ前提の一つだといえるし、また逆に、意図的に固有名詞を消し去った表現を試みる小説もある。ただ、村上春樹のこの小説の場合は、明らかに都市生活者と地方出身者（それも辺境の）を対比する構図になっているので、仮名や、イニシャルよりも、実名の方が強いインパクトがある、ということはいえるだろう。同時に、印象が強い分、読者に強い感情を引き起こすことは予想されるので、編集者がそこを危惧して作者に、変更を示唆していたことはありうる。結果的には、強い印象を与えた結果、抗議されたのだから、この事態に対して作者や出版社がどう対応するか、今後の展開を待ちたい。

蛇足。これは冗談だが、煙草のポイ捨てもさることながら、「十代の初めから車を運転しています」の部分の方が、法的に問題ありかもしれないと思うのは筆者だけだろうか。あるいは、私道を運転していたので子供でも無免許運転にはならない？　ということなのかも？

参考記事3　村上春樹さん、小説の町名変える意向に関するコメント全文

（『産経新聞』二〇一四年二月七日）

村上春樹さんのコメント全文は以下の通り。

「僕は北海道という土地が好きで、これまでに何度も訪れています。小説の舞台としても何度か使わせていただきましたし、サロマ湖ウルトラ・マラソンも走りました。ですから僕としてはあくまで親近感をもって今回の小説を書いたつもりなのですが、その結果として、そこに住んでおられる人々を不快な気持ちにさせたとしたら、それは僕にとってまことに心苦しいことであり、残念なことです。中頓別町という名前の響きが昔から好きで、今回小説の中で使わせていただいたのですが、これ以上の御迷惑をかけないよう、単行本にするときには別の名前

に変えたいと思っています」

2　村上春樹「煙草ポイ捨て」問題　その2

二月に入って、次々と大きな事件や五輪などがあり、すでに忘れられた印象があるのだが、二月五日の報道に端を発した村上春樹作品への抗議と、村上氏本人のコメントについて、さらに考えてみたい。

この件についての報道例

①春樹小説に抗議へ「中頓別町ではたばこのポイ捨てが普通のこと」（『毎日新聞』二〇一四年二月五日）

②村上春樹氏作品に質問状送付へ　北海道中頓別町議ら　（『朝日新聞』二〇一四年二月五日）

さて、前段で、筆者は、小説の描写に対する抗議というのは逆に問題があるのではないか？というスタンスでこの問題を論じた。また、そのことについて、編集者や出版社の側から、問題を事前に指摘していたのかどうか？　また今回の抗議の結果、出版社や作者はどう対応するか？

について、今後の展開を待つ、と書いた。
その後、まもなく、村上氏本人のコメントが発表され、抗議を受けた町名を単行本化にあたって変更する由、説明された。このことで、問題は一件落着したようにみえているが、まだ抗議した側の町議会からの返答がどうであったのか、詳細は明らかになっていない。（［注］この文章は、二〇一四年二月中旬の時点のもの）

ところで、今回、筆者にとって不思議だったのは、この問題について、当事者の一方である文藝春秋社からのコメントがとても当たり障りのないものであったこと、その他の出版社（特に村上春樹作品を出している社）から、取り立てて反応がなかったこと、さらに、他の作家個人や文筆業の団体などからなにも反応がなかったようにみえる点、などである。つまり、今回の問題の影響を直接受けるであろう周辺が、まるでことを荒立てないよう、極力触れないように、息を潜めている印象を受けたのだ。

もし、関係する周辺が本当にことを穏便に済ませてしまおうとしたら、おそらく、この先、文筆や出版に関わる全ての人に、多大な影響が生じることになるだろう、と筆者は考えている。なぜなら、今回、村上春樹氏が自作の文章について抗議を受けて、その部分を変更する、と表明し、版元の出版社もそれを支持した結果、この先、同じ作者や出版社の作品の文章に対して、いくらでも抗議できる可能性がでてきた、と考えられるからだ。さらに、同じ村上春樹作品が刊行されている他の出版社に対しても、同様の抗議が出来ることになる。そうなると、ことは村上春樹作品だけに留まるとは限らない。他の全ての作家の作品について、同じことがいえるからだ。

そこで、一つ考慮すべきなのは、今回の問題が、「あの村上春樹だから」起こったのか？　という疑問である。

つまり、世界的に読者のいる村上春樹作品だから、抗議したのだろうか？　ということである。もしそうだとしたら、それはそもそも抗議の趣旨がおかしいように思える。有名作家の作品には抗議するが、それほど知名度のない作品には抗議しない、ということになってしまうからだ。

また、文藝春秋社側も、村上春樹作品だから、作者のコメントに表明された文章変更を受け入れたのだとすると、他の作家の作品が抗議を受けた場合、同じように文章を変更するのか、あるいはその作家が変更を拒んだ場合、どうするのか？　といったことが、この先、問われていくだろう。

また、他の出版社は、村上春樹作品だったら、変更もやむなし、と考えているのだろうか？それとも、出版社によっては、作者が変更しないという意志を持っていれば、あくまで文章変更しないつもりでいるだろうか？

さらに、他の作家たち（末席に連なる筆者自身も含めて）は、この問題を、「あの村上春樹だから」と静観しているのだろうか？　それとも、明日は我が身、と受け止めているのだろうか？

などなど、今回の問題とその決着は、この先の文筆業と出版業に対して少なからぬ影響を及ぼしていくことは自明だと、筆者は考えるのだ。

なのに、今回のことについて、出版界も、文筆業界も、作家たちも、鳴りを潜めているようにみえる。もちろん、今回の事例はあくまで個別の問題であり、町議会の抗議に対して、作者が町名を変更することにしたという結果に、あれこれいうつもりはない。実際、町の人々はあの小説の記述に傷ついたのだろうし、作者はそれを真摯に受け止めて、誠実に対応したのだと思う。

けれど、このことはやはり、前例にならざるをえないし、「あの村上春樹」でさえ、文章を変更したのだ、ましてや、村上春樹ほどは知名度のない作家の作品の文章なら、抗議を受けたら変更しないなどありえない、という流れになっていかないだろうか。そうなれば、この先、出版社の側が、「あの村上春樹」「あの文藝春秋」でさえ、抗議を受けて文章を変更したのだ、抗議を受けそうな怪しい文章表現は、この際、事前に無難なものに訂正してしまおう、と考えはしないだろうか。

発表した作品に対して抗議を受ける可能性は、物書きなら誰でももっているリスクであり、そうなった場合は、発表の媒体が出版物であるなら、版元と相談して誠実に対応していくしかない。このことは、自明であるが、だからといって、文章表現を、抗議を受けないよう事前に予防線を張って、無難な表現にしてしまうことは、また別の問題だ。もしそうなれば、今回の問題とその後の展開が示唆するように、小説といえども実際の地名や固有名を極力使わない方が無難だ、ということになるだろう。果たして、それでいいのだろうか？

ここで、もうひとつ問題がある。今回の件は、一見、村上春樹氏がコメントで誠意をもって、町のイメージを回復できるように対応したとみえているかもしれない。だが、あのコメントを読むと、実は、問題はなにも解決していない、ともいえるのだ。なぜなら、町議会が問題視していたのは、町名を出したことよりも、むしろ、「煙草ポイ捨て」の方なのだ。だから、本当は、村上春樹氏がとるべき対応は、町名を消すのではなく、町名を明示したまま、「煙草ポイ捨て」の部分を削除することかもしれない。さらに、もし町議会が、町のイメージアップを希望しているとしたら、町名はそのまま記したままで、「煙草ポイ捨てのない」町、であると明記すること、を期待されているとも考えられる。つまり、村上春樹氏のコメントは、町議会にとってはごまかしであるとも考えられるのだ。ようするに、問題は町名を書いたことではなく、「煙草ポイ捨て」の記述であるとしたら、問題はさらにやっかいだ。

先に、ジブリ映画『風立ちぬ』での喫煙描写が俎上にあげられたように、喫煙マナーへの風当たりが強い昨今、小説の中でも「煙草ポイ捨て」の描写は御法度、となりかねないような、そういう印象を受けるのだ。

だが、小説や映画、マンガなどのフィクション作品の表現は、創作者が真摯に作れば作るほど、ぎりぎりまでタブーに迫ることもある。むしろ、タブーに迫る姿勢こそ、表現者として高く評価され、歴史に残っていくのは、文学史をみても明らかだ。作家個人は常識人であったとしても、その作品が常識に縛られて、お行儀の良いものでは、読む価値はないかもしれない。少なくとも、あまりに常識に縛られたような作品には、後世に残るような作品は少ないだろう。

今回の問題でも、村上春樹氏本人の言動が問題視されたのではなく、その作品の中に、問題のある表現があった、というものだ。しかも、その問題視された「煙草ポイ捨て」表現は、果たして本当に、どの程度問題視するべき表現だったのだろうか?

それを論じるには、喫煙マナーについての一般論で語っても意味はない。実際に、その文章を読み、前後の文脈を読み、小説のなかで、フィクションのなかで、どういう役割をもって書かれた文章なのか、そこをみなければ、判断はできないだろう。その「煙草ポイ捨て」の表現が、なにを意図したものかを考えてみなければ、単語や言葉の一つひとつを文章や文脈から抜き出して、個別に非難することは、間違いだと考えるのだ。実際、今回の村上春樹作品の中で書かれた「煙草ポイ捨て」表現は、文脈を読めば、町のイメージダウンにつながるかどうかは疑問だというのが、筆者の考えだ。

詳しくは、前段で論じたが、ようするに、当該の「煙草ポイ捨て」表現は、フィクションの中の一登場人物が、他の登場人物の行動をみて、「その出身地ではそれが当たり前だったのだろうな」と想像しているのだ。フィクションの中で、その町が描写され、その町の中で当たり前に「煙草ポイ捨て」が行われているのではなく、登場人物が勝手に想像しているだけだ。

これがもし問題であれば、町の名前を仮名にするしかない。だから、今回の村上春樹氏のコメントにあるように、町の名前を変える、というのは、現実的に意味のある妥協だといえる。

だが、おそらく、実際の町名が書いてある場合と、仮名である場合、また場所が明示されていない場合、の三つを比べてみれば、読んだ印象は大きく変わるだろう。少なくとも、この小説のなかで、登場人物同士の関係性が大きく変わるのは間違いない。だから、地名を変えるだけだから些細な変更だ、というわけにはいかないと考える。ましてや、もし町の名前を変えるだけでなく、「煙草ポイ捨て」そのものを書いてはならない、ということにでもなれば、その作品の内容は完全に別物になってしまう。果たして、それでいいのだろうか?

長々と書いてきたが、結論をいう。文章作品、それもフィクションの場合、たとえ社会的常識に反する描写があったとしても、その作品が真に価値のあるものであれば、時代を超えて読み継がれる。けれど、その時代、その社会の常識が、その作品を改変したり、あるいは絶版にしてしまったら、当然その作品は後世に残らない。もちろん、小説の内容によっては、公に発表しにくい場合もあるだろう。それでも、著作という形で残っていれば、一時的に発禁となっても、その原型がいつか再評価されることも多々あるのだ。

今回の村上春樹作品の場合、単行本では別の描写になるらしい。けれど、作品の元の形である雑誌掲載のバージョンは、その雑誌が残る限り、後世の者も読むことができる。今は、表現を変えざるを得なかったとしても、元の形と、変更したものと、どちらがよいか、後世の研究者や読者は、比較することができる。

けれど、もし、今後、出版社や作者自身が、表現を当たり障りのない無難なものに最初から変えていくとすれば、もはや、本来書かれるはずだった表現が発表されないまま、消えていくことになる。そうなると、おそらくは、かつての全体主義国家での言論検閲下の作品のような、非常に屈折したものが生まれるだろう。それはそれで、時代の証人となるだろうが、それではたしていいのだろうか？

むろん、作家というものは、いくら制限されても、書きたいことを書こうとするだろう。けれど、それも読者の支持があればこそ、ではないだろうか？　読み手の側が、作者の手足を積極的に縛るようになれば、それは読者にとっても不幸なことだと思う。ましてや、書き手同士が互いに縛り合うようには、なってほしくないと思うのだ。

つけくわえると、今回の村上春樹作品の問題は、「読まないで批判する」風潮に起因しているように思う。なぜなら、今回の問題は、報道に記事が出て、そのまま世間で批判が広がり、実際の記述はどうであるか？　文脈に照らして考えるとどうか？　ということとは無関係に、ただ

「煙草ポイ捨て」という記述だけが抜き出されて問題視されたようにみえる。

これは、村上春樹作品に特にみられることかもしれないが、作品を読まずに批判をする、あるいは、ざっと斜め読みしただけで判断する、そういう流れがいつの間にかできているのだ。おそらくは、速読がもてはやされ、熟読、味読ということが軽んじられるようになって以来の風潮ではないか、と思う。

村上春樹の作品が世界中で売れることと、その作品の内容とは、また別のことであって、作品について考えるときは、まずじっくり読んでから発言するべきだと思う。『１Ｑ８４』のときも、『多崎つくる』のときも、村上春樹の新作だからほめる、だからけなす、という発言が多く見受けられた。だが、これはほとんど意味がない。

また、作品中の性描写や暴力描写が不快だという意見もあった。これも、作品の中でそれらの部分がどういう意味をもっていて、文脈の中でどういう位置づけになっているか、を考えれば、単純に批判ばかりしても意味がない。

筆者は、特に村上春樹の作品について、じっくり読み、考えを語り合う会を、先般、試みてみた。この集まりを、今後も継続していくつもりだ。そのことで、微力ながら、昨今の「読まずに批判する」風潮に一石を投じたいと思っている。

3　村上春樹「煙草ポイ捨て」表現への抗議と、表現の修正について

村上春樹氏の「煙草ポイ捨て」表現への抗議と表現の修正について、早稲田大学教授、石原千秋氏が「文芸時評」（「自由区」の存在意義」『産經新聞』二〇一四年二月二三日）で、はっきりと疑問を表明していた。

この件、筆者は当初から、「煙草ポイ捨て」表記への抗議については疑問視する意見を書いていたが、村上春樹氏が抗議に対して表現を修正するとコメントを出した時点で、作者が妥協し、幕引きがはかられたのだと考えていた。それに、最初から、版元の文藝春秋の対応は明らかに腰が引けている印象もあったので、落としどころを探っていたのだろうな、と想像していた。

けれど、当事者間のこととは別にして、この問題については、寡聞にして他の文筆業者や出版業界から、ほとんど発言がないように思えた。特に文芸家からほとんど何も反応が出てこないことに、奇異な感じを抱いていたのだ。なぜなら、ことは村上春樹氏だけの問題ではなく、同じような抗議を、どの文芸家も受ける可能性があるからだ。

そこに、ようやく、上記の石原氏の意見が出たので、なんだか胸のつかえがとれた思いでいる。石原氏の意見は、基本的に、今回の小説表現への抗議を異なものとし、表現を修正することで

解決をはかった村上春樹氏の対応に疑問を呈する内容だった。

参考記事4　三月号「自由区」の存在意義　早稲田大学教授・石原千秋

（『産経新聞』二〇一四年二月二三日）

固有名詞の場合は大変難しいことはわかるし、近年は名誉に関して配慮が厚くなったこともわかる。しかし、記述は「なのだろう」と推量しているだけなのだ。これがまっとうな対応ならば、たとえば警視庁幹部の暗部を暴くよくありがちな設定の小説に、当の警視庁から抗議を受けたら変更しなければならないのだろうか。

また、私小説は成り立たなくなるかもしれない。ジャンルはちがうが、エッセーに固有名詞を書き込めなくなりはしないだろうか。

〈中略〉

言葉については、もっと原理的な問題もある。今回の件とはレベルはちがうが、「不快な気持ちにさせた」から単行本では「別の名前に」変えると言うのなら、村上春樹はこれまで「小指のない女の子」や精神療養施設にいる人を「不快」にし、傷つけてこなかっただろうか。どんな言葉も必ず人を「不快」にし、傷つける。

筆者も、この件では、石原氏の意見に賛同する。この記事の文中にあるように「どんな文章もフラットだという議論は正しいかもしれないが、村上春樹という作家の影響力を考えると、小説のフィクションとしての強度がここまで弱まった歴史的事例とならなければいいがと思う」という、石原氏の懸念が、すでに現実に現れているものと、筆者は考えている。間違いなく、今回の村上春樹作品の修正は、悪しき前例となって、他の小説や文章表現に、じわじわと影響を与えてくるだろう、と予想する。

また、これは穿った想像なので、蛇足ではあるが、次にあげる報道例をみる限り、今回の問題の落としどころが、あまりにもうまく出来すぎているようにみえるのは、筆者だけだろうか。つまり、今回の件で、作者に抗議した町は、抗議する以前より間違いなく知名度は上がっただろう。そして、もしかしたらこの件で、結果的に、当該作品の掲載誌や、これから出る単行本の売り上げが多少アップするかもしれない。まるで、出来レースのような結果に収まった、とみるのは、下衆の勘繰りだろうか。

この件についての報道例

①中頓別　村上春樹氏小説、町議が「終息宣言」「迅速かつ誠意ある対応いただいた」と（『毎日新聞』二〇一四年二月一九日）

②村上春樹氏の小説で中頓別町議、文芸春秋に礼状　（『読売新聞』二〇一四年二月二〇日）
③村上春樹氏の回答書に町議「誠意に感謝」　（『日刊スポーツ』二〇一四年二月一九日）
④村上春樹作品に登場した中頓別町　炎上騒動に困惑　（『週刊朝日』二〇一四年二月二八日号）

4　村上春樹「煙草ポイ捨て」抗議と表現の修正、その後

参考記事5　春樹作品の表現めぐる〝問題〟に終止符？　出版社も参加　二四日に北海道・中頓別でイベント

（『北海道新聞』二〇一四年五月八日）

【中頓別】村上春樹氏の短編小説でたばこのポイ捨てを「普通にやっていること」とされ、町議有志が抗議した宗谷管内中頓別町で二四日、同小説を中心に村上氏の作品の魅力を語り合うイベントが開かれる。抗議を受けた文芸春秋の宣伝担当者も参加する。

小説は月刊誌「文芸春秋」昨年一二月号掲載の「ドライブ・マイ・カー」。ポイ捨てのくだりに町議有志が二月、文書で抗議し、村上氏が「心苦しく残念」として四月発売の短編集収録では架空の町名に変えた。

中頓別町民有志らが開く今回のイベント「森の読書会」では、村上氏の大ファンとして著述

や講演を行う東京のカフェ店主ナカムラクニオさんらが魅力を語る。参加する文芸春秋宣伝担当者は「あくまで一般参加で、本の宣伝・販売などはしない予定」とする。

参考記事6　中頓別で村上作品の読書会

（『朝日新聞』二〇一四年五月二六日）

作家・村上春樹氏が小説に取り上げ、「誤解を招く表現がある」と住民が反発した中頓別町で二四日、村上作品の愛読者として知られる東京在住のナカムラクニオさん（四二）が読書会を開き、参加した町民ら約三〇人と語り合った。

村上氏は月刊誌「文芸春秋」の昨年一二月号に発表した短編小説で、同町出身の女性がたばこのポイ捨てをするのを見て「たぶん中頓別町ではみんなが普通にやっていることなのだろう」と描いた。反発した町議の宮崎泰宗さん（三〇）らが発行元の文芸春秋社に質問状を発送。作品を単行本化する際、町名は架空の「上十二滝町」に変更された。

〈中略〉

宮崎さんも参加し、「いろいろな読み方や意見があることを知り、なぜあのような表現をしたのか、答えはなくてもいいと思った。村上作品に触れる機会を継続的に設けられれば」と話した。

この二つの参考記事の報道をみて、目を疑った。これではまるで、「煙草ポイ捨て」騒動は、町と版元の出来レースだったのでは？　と疑いたくなる展開だ。

　これで町も、作者も、版元も、三方よしの結果オーライなら、そもそも小説中の町名を変える必要もなかったのではないだろうか？　それとも、最初に文春に質問状を送った町議会の対応は、町民の思いとズレていた、ということなのかもしれない。議員が思ったほど、町民の多くは、春樹氏の小説の表現に怒りを感じていなくて、むしろ、村上作品に町名が登場したことを歓迎こそすれ、迷惑になど思っていなかった、のかもしれない。なぜなら、春樹氏が町名を変えたとはいえ、その変更は、実際には実名を書くのと大差はなく、『羊』に登場した町、当該の町をモデルにした町の周辺であるとおぼしい名前なのだから、小説の中で、煙草のポイ捨てが多い、と名指しされた事実には、違いはないからだ。

　ということは、この煙草ポイ捨て描写が、あくまで小説中の人物がした行為であり、しかも、語り手が想像しているにすぎないことだ、ということを、町民の多くは読んで理解しているのではないだろうか。だからこそ、春樹氏の小説にわが町の名前が登場していることは、話題にこそなるが、特に憤るような話ではない、というあたりが、町民の多くの感じではなかろうか。

　そもそも、もし小説中で、煙草ポイ捨ての描写がまずいというのであれば、今回の場合、変更すべきだといえるのは、町名ではなく、登場人物のポイ捨て描写の方だったのではあるまいか。もっとも、これらは全て、筆者の想像なので、実際はどうであるのか、知りたいところだ。ともあれ、春樹氏がクレームに負けて小説の表現を変更した事実だけは残る。日本人の小説書きにとっては、これは悪しき前例にならざるを得ない。

いずれにせよ、結果的には、村上春樹の新作に町名が登場したがクレームで変更された、という事実が、この町の宣伝に大いに役立ったのは間違いないだろうし、だからこそ、この記事のように、この町で、村上作品を考察するためのイベントが開かれたりするのだろう。そうでなければ、どうしてわざわざ、わが町の名前を悪いイメージで書いたらしい作家について、イベントを開く企画が実現するだろうか。おまけに、余録として、この町が実は『羊』に出て来たあの町の近所であるらしい、というような話題の広がりもついてきたのだ。全く、三方よしとしかいいようがない。

このように、筆者はことの成り行きに憤っているのだが、この感情は、当の村上氏や版元、当該の町に向けているのではない、ということをお断りしておく。筆者の憤りは、この問題が報道されたとき、まるで鬼の首でもとったように、町議会の抗議に快哉を叫び、小説の中の描写であっても実在の町を悪く書くことはまかりならん、と大上段に小説の表現を断罪しようとした多くの識者、コメンテーター、ネットの中の書き手に対して、向けられている。

あの当時、春樹氏に攻撃的なコメントを書いていた方々は、今回の展開について、どう思うのだろうか。やはり町の抗議は正しく、村上氏の小説中の表現は、町の住民を傷つける行為だったと断言するのだろうか？　だとしたら、どうして今更、傷つけられたはずのその町で、傷つけた張本人であるはずの村上氏の作品についてイベントが開催されるのだろうか。本当に、町の抗議が正しかったのなら、今回のイベントも、開催されないのではなかろうか。

それはともかく、当時、春樹氏の小説を激しく攻撃しただけでなく、春樹氏の小説を擁護しようとした筆者も非難したネットの中の方々は、本当に、小説の中の描写が、抗議によって変更されるべきだ、と信じているのだろうか。

もし本当にそうだとしたら、これまでに世に出た小説の中で、無数に描かれている実名表記について、いちいちクレームがあれば、全て変更していくことになるのだろうか。

そうであれば、日本では、小説の中でも、他の創作のなかでも、実名表記が淘汰されていくことだろう。そうなれば、まるで一九世紀の小説のように、地名や人名が、仮名やイニシャルで書かれるようになるのかもしれない。それはそれで、今の時代の反映だといえるが、実名を小説に使えない状況というのは、非常に抑圧的な時代だといえるだろう。

それはともかく、今回の件、作者側の対応としては、最終的に、短編集の単行本のまえがきに、実名表記とその変更について、趣旨を述べている。その文章を、読者としては、受け入れるしかない、ということだ。

『ドライブ・マイ・カー』は実際の地名について、地元の方から苦情が寄せられ、それを受けて別の名前に差し替えた。

〈中略〉

どちらも小説の本質とはそれほど関係のない箇所なので、テクニカルな処理によって問題がまずは円満に解消してよかったと思っている。

（村上春樹『女のいない男たち』文藝春秋　p. 12）

エピローグにかえて
——1Q84読書会の試み（二〇〇九—二〇一四）

『1Q84』を丁寧に読み込み、論じ合う試みを、刊行当初と、数年間隔を空けての二度、実施した。いまこそ村上春樹の小説が待望されているのだろうか。

『1Q84　BOOK1-3』（新潮社、2009-）

1　第1回『1Q84』読書会

村上春樹『1Q84』解読のトークライブを行います。二〇一〇年六月一三日夜、大阪京橋のカフェ「ブレインカフェ」にて、作家・野崎雅人さんとトークライブを行います。テーマは「村上春樹『1Q84』をめぐって」です。BOOK3の解読を中心に、村上文学の読みどころを語り合います。飲食付き一〇〇〇円です。六月の夜、村上春樹文学を一緒に語り合いましょう！

記

トークライブ「村上春樹『1Q84』をめぐって」
日時：二〇一〇年六月一三日（日）一八時半（一八時開場）　場所：ブレインカフェ
飲食付き：一〇〇〇円　定員：二五名
パネリスト：野崎雅人（二〇〇五年「ティールーム」にて第五回関西文学新人賞受賞、二〇〇八年「フロンティア、ナウ」にて第1回日経中編小説賞受賞）
土居　豊（小説『トリオ・ソナタ』、評論『村上春樹を読むヒント』『坂の上の雲を読み解く！〜これで全部わかる　秋山兄弟と正岡子規』など）

2　第2回『１Ｑ８４』読書会

読書会「村上春樹『１Ｑ８４』再読――村上春樹待望論の試み」

「村上春樹待望論」というタイトルで小論を書きたくなった。

単純には、石原慎太郎、猪瀬直樹という「物書き」から「政治家」へ、という文脈がないことはないのだけれど、どちらかというと「(イエス・キリストの)再臨待望」に近いニュアンスなのです。

今日の特定秘密保護法の可決とも無関係ではないかもしれません。

村上春樹の「１Ｑ８４」ＢＯＯＫ１―3を五回以上通読してしまった私は、「盲目の山羊の死」の意味(=失われた自恃)を一人でも多くの人が自覚しなくてはならないという焦燥に駆られるのです。

その意味において「村上春樹待望」論なのです。

村上春樹論を数名で徹底的にやりたい気分です。

(参加者によるコメント)

日時：二〇一四年一月二五日（土）一八：〇〇～二〇：〇〇
会場：生駒ビルヂング地下会議室（大阪市中央区平野町二—二—一二、堺筋・平野町角）
地下鉄堺筋線・北浜駅から徒歩三分ほど南（御堂筋線淀屋橋から歩くと一〇分弱）。
備考：（一二名までは椅子があり、もし越えるようなら補助席を考えます。）
参加予定者：生駒伸夫氏、野崎雅人氏、土居豊、ほか数名
内容案
（1）『1Q84』の概要おさらい
（2）『1Q84』についての参加者それぞれの読解
（3）（2）で提示された論点を自由に討論
（4）『1Q84』後の村上春樹作品（『多崎つくる』など）について

昨夜（[注]二〇一四年一月時点での記事）は大阪市内某所で、楽しい集まりに参加しました。これは、村上春樹をじっくりと読み直し、議論を深める会です。参加者は、文学好きの人ばかりで、愉快な論議を楽しめました。

私自身がお話したことを、かいつまんでいうと、こんな感じです。「村上春樹をどう読むか？と問われて、かつての読み手は、自分に引きつけて読むとか、人生の意味を考える手がかり

にする、などと思っていただろう。ところが、いまや多くの読者が、村上春樹の作品をまるで自分の合わせ鏡のように読み、その結果、激しくイラついているように思える。それが、昨今の激しい村上春樹バッシングだ。私は『1Q84』をこうとらえて、楽しんでいる。作中で「空気さなぎ」がワクチンとして配布されたこと＝『1Q84』がミリオンセラーとなったこと。その結果、村上春樹のテキストが、現実にも人々の心にワクチンとして広がりをみせている」

ちなみに、参加者のお一人は、村上春樹の小説を、「共感ではなく、解決を目指す小説」だと論じました。それを受けて思うのは、「日本人は、読書における謎解きの楽しみを、もっと突き詰めたらいいのに！」ということです。村上春樹の謎解きゲームを遊ぶ、ぐらいなつもりで、楽しんで読めばいいのに、と思うのです。その結果、ハルキ本の二次創作ができたりしたら、面白いだろうに。私自身は、村上春樹自身がインタビューで語った「1Q84＝ドストエフスキー的な総合小説」という説明を受けて、こう考えています。

「悪霊、カラマーゾフ」＝1Q84
「白痴」＝多崎つくる

この謎解きを、これから楽しもうと思います。

さて、この集まりをきっかけに、今後は、読書会を盛んにしていきたいと考えています。ちなみに、第一回の会場は、大阪船場の近代建築の傑作である生駒ビルヂングでした。この貴重な建築の文化遺産（登録有形文化財）を、個人的な読書の楽しみのために使わせていただけたのは、本当に贅沢なことでした。なお、この読書会ならびに、生駒ビルでの読書の試みについてですが、これから、また新たな展開をご相談中ですので、ご興味のある方は、続報を（気長に）お待ちください。

参考資料一覧

【書籍資料】

1　村上春樹の著作（五十音順）

『アフターダーク』（講談社）
「イエスタデイ」（『文藝春秋』二〇一四年一月号掲載）
『１Ｑ８４』（新潮社）
『海辺のカフカ』（新潮社）
『女のいない男たち』（文藝春秋）
『回転木馬のデッドヒート』（講談社文庫）
『風の歌を聴け』（講談社文庫）
『神の子どもたちはみな踊る』（新潮社）
「木野」（『文藝春秋』二〇一四年二月号掲載）
『恋しくて TEN SELECTED LOVE STORIES』村上春樹編、（中央公論新社 二〇一三年）
「午後の最後の芝生」『中国行きのスロウ・ボート』（中公文庫）所収
『国境の南、太陽の西』（講談社）
『色彩を持たない多崎つくると、彼の巡礼の年』（文藝春秋）
「シェエラザード」（「モンキー vol.2」掲載）
『スプートニクの恋人』（講談社）
『世界の終りとハードボイルド・ワンダーランド』（新潮社）

『1973年のピンボール』（講談社文庫）
『ダンス・ダンス・ダンス』（講談社文庫）
『TVピープル』（文春文庫）
『東京奇譚集』（新潮社）
「独立器官」（『文藝春秋』二〇一四年三月号掲載）
「ドライブ・マイ・カー」（『文藝春秋』二〇一三年一二月号掲載）
『ねじまき鳥クロニクル』（新潮社）
『ノルウェイの森』（講談社）
「パン屋再襲撃」『パン屋再襲撃』（文春文庫）所収
『羊をめぐる冒険』（講談社文庫）
「疲弊の中の恐怖——スティフン・キング」（『海』一九八一年七月号掲載）
『翻訳夜話2　サリンジャー戦記』（文春新書）
「三つのドイツ幻想」より「ヘルマン・ゲーリング要塞　1983」『螢・納屋を焼く・その他の短編』（新潮文庫）所収
『村上朝日堂の逆襲』（新潮文庫）
『村上ソングズ』（中央公論新社）
『村上春樹、河合隼雄に会いにいく』（新潮文庫）
『ランゲルハンス島の午後』（新潮文庫）

2　その他の書籍（著者五十音順）

ウイリアム・アイリッシュ（著）、稲葉明雄（翻訳）『幻の女』（ハヤカワ・ミステリ文庫）
東浩紀『動物化するポストモダン　オタクからみた日本社会』講談社現代新書（二〇〇一年）
――『ゲーム的リアリズムの誕生　動物化するポストモダン２』講談社現代新書（二〇〇七年）
安部公房『壁』（新潮文庫）
エルフリーデ・イェリネク（著）、中込啓子（翻訳）『ピアニスト』鳥影社ロゴス企画部（二〇〇二年）
市川真人『芥川賞はなぜ村上春樹に与えられなかったか――擬態するニッポンの小説』（幻冬舎新書）
井上靖『猟銃・闘牛』（新潮文庫）
宇野常寛『ゼロ年代の想像力』早川書房（二〇〇八年）
――『リトルピープルの時代』幻冬舎（二〇一一年）
遠藤周作『白い人・黄色い人』（新潮文庫）
ポール・オースター（著）、柴田元幸（翻訳）『幽霊たち』（新潮文庫）
大江健三郎『あいまいな日本の私』（岩波新書）
――『万延元年のフットボール』（講談社文芸文庫）
大森望／豊崎由美（著）『村上春樹『色彩を持たない多崎つくると、彼の巡礼の年』メッタ斬り！』河出書房新社（二〇一三年）
川端康成『水晶幻想　禽獣』（講談社文芸文庫）
――『みずうみ』（新潮文庫）
――『伊豆の踊り子』（新潮文庫）
――『雪国』（新潮文庫）
――『美しい日本の私』（講談社現代新書）
――『反橋・しぐれ・たまゆら』（講談社文芸文庫）

――『川端康成　片腕――文豪階段傑作選』（ちくま文庫）
――『眠れる美女』（新潮文庫）
貴志祐介『悪の教典』（文春文庫）
ルイス・キャロル（著）、河合祥一郎（翻訳）『鏡の国のアリス』（角川文庫）
小鷹信光『私のハードボイルド――固茹で玉子の戦後史』早川書房（二〇〇六年）
J・D・サリンジャー（著）、野崎孝（翻訳）『フラニーとゾーイー』（新潮文庫）
高橋源一郎『ジョン・レノン対火星人』（講談社文芸文庫）
谷崎潤一郎『細雪』（新潮文庫）
レイモンド・チャンドラー（著）、清水俊二（翻訳）『長いお別れ』（ハヤカワ・ミステリ文庫）
徳岡孝夫『五衰の人――三島由紀夫私記』文藝春秋（一九九六年）
ドストエフスキー『悪霊』（新潮文庫）
――『白痴』（新潮文庫）
P・L・トラヴァース（著）、メアリー・シェパード（イラスト）、林容吉（翻訳）『風にのってきたメアリー・ポピンズ』（岩波少年文庫）
ドリー（著）、なかむらるみ（イラスト）『村上春樹いじり』三五館（二〇一三年）
『西脇順三郎詩集』（新潮文庫）
莫言（著）、井口晃（翻訳）『赤い高粱』（岩波現代文庫）
トマス・ハリス（著）、菊池光（翻訳）『羊たちの沈黙』（新潮文庫）
三島由紀夫『鏡子の家』（新潮文庫）
村上龍『イン ザ・ミソスープ』（幻冬舎文庫）
――『ラブ&ポップ―トパーズ〈2〉』（幻冬舎文庫）

ジョン・レノン／ポール・マッカートニー（著）、片岡義男（翻訳）『ビートルズ詩集1』（角川文庫）
アラン・ロブ＝グリエ（著）、望月芳郎（翻訳）『覗くひと』（講談社文芸文庫）

【雑誌記事資料】（時系列順）

「村上春樹による小澤征爾インタビュー」（『モンキービジネス』2011Spring vol13 ポール・オースター号）
第1回 河合隼雄 物語賞・学芸賞 決定発表 特別寄稿「村上春樹 魂のいちばん深いところ」（『考える人』二〇一三年夏号）

【新聞記事資料】（時系列順）

「カフカへの思い丁寧に 村上春樹さん『人生初』記者会見」（『朝日新聞』二〇〇六年一一月一日）
「川端康成 ノーベル賞選考で新資料」（ＮＨＫニュース 二〇一二年九月四日）
「ノーベル賞はどうして毎年、文学賞だけ、発表日が『未定』なのですか？」（『読売新聞』二〇一二年一〇月二日）
「今年のノーベル文学賞、村上春樹氏が有力候補に」（ロイター 二〇一二年一〇月五日）
「ノーベル文学賞 村上春樹さんの母校ため息」（『朝日新聞』二〇一二年一〇月一一日）
「村上春樹氏新刊『超速』レビュー 人生取り戻す男の物語」（『朝日新聞』二〇一三年四月一二日）
『色彩を持たない多崎つくると、彼の巡礼の年』村上春樹著 一〇年の時を隔てた「心中」 評・鈴村和成（文芸評論家）（『産經新聞』二〇一三年五月五日）
「騒いでいるのは日本メディアだけ…村上春樹がノーベル賞を取れない理由」（『日刊ゲンダイ』二〇一三年一〇月一一日）
「幸せの学び 〈その71〉 村上春樹ワールドの原風景」（『毎日新聞』二〇一三年一〇月一六日）

「村上春樹氏の作品4年ぶり年間ベストセラー総合1位」（『sponichi』二〇一三年一二月二日）
「〝ハルキの図書館〟ルーツ新説　芦屋市立打出分室」（神戸新聞二〇一三年一二月三日）
「東アジアつなぐ村上文学　国際シンポで議論」（『朝日新聞』二〇一三年一二月一八日）
「三島由紀夫、ノーベル文学賞候補だった　1963年推薦」（『朝日新聞』二〇一四年一月三日）
「村上春樹氏作品に質問状送付へ　北海道中頓別町議ら」（『朝日新聞』二〇一四年二月五日）
春樹小説に抗議へ「中頓別町ではたばこのポイ捨てが普通のこと」（『毎日新聞』二〇一四年二月五日）
「村上春樹さん、小説の町名変える意向に関するコメント全文」（『産經新聞』二〇一四年二月七日）
中頓別：村上春樹氏小説、町議が「終息宣言」「迅速かつ誠意ある対応いただいた」と（『毎日新聞』二〇一四年二月一九日）
村上春樹氏の回答書に町議「誠意に感謝」（『日刊スポーツ』二〇一四年二月一九日）
「村上春樹氏の小説で中頓別町議、文芸春秋に礼状」（『読売新聞』二〇一四年二月二〇日）
「村上春樹さん短編、『イエスタデイ』替え歌 大幅削除」（『読売新聞』二〇一四年四月一八日）

【ネット記事】（時系列順）
黒古一夫ブログ「北海道新聞」二〇〇九年六月一四日掲載記事
（http://blog.goo.ne.jp/kuroko503/e/a2228c915ae2edd4e8e51c800c6695c6）
――残念!?　当然！　村上春樹のノーベル文学賞落選
（http://blog.goo.ne.jp/kuroko503/e/e31276 8cb9a6402b0fd8b0495de7d845）
――『1Q84』批判と現代作家論」
（http://blog.goo.ne.jp/kuroko503/e/d28f3dfb6e79f8ad38f8e7ad5f034d40）
「孤独なサラリーマンのイカ臭い妄想小説 二〇一三年五月三日 By ドリー　レビュー対象商品：色彩を

持たない多崎つくると、彼の巡礼の年（単行本）」
（http://www.amazon.co.jp/review/R9F23X7FKJEE2）
「村上春樹さん新作はイカ臭い？　とてつもないAmazonレビューに1万人が『参考になった』『本編よりもおもしろい』という声まで。その内容とは――。」（ねとらぼ　ITmedia　二〇一三年五月八日）
（http://nlab.itmedia.co.jp/nl/articles/1305/08/news142.html）
伊藤聡【番外】京都大学へ、村上春樹に会いにいく前篇
（https://cakes.mu/posts/1965）
「圧巻のツッコミ芸をもう1度：『多崎つくる』Amazonレビューが『とてつもない』と話題になったドリーさん、ガイド本『村上春樹いじり』出版」（二〇一三年一一月二一日ねとらぼ）
（http://nlab.itmedia.co.jp/nl/articles/1311/21/news100.html）
「韓国でコンサート『村上春樹を聞く』――作品に登場する音楽を演奏」（二〇一三年一一月二七日
（gangnam.keizai.biz）http://gangnam.keizai.biz/headline/191/）
三月号「自由区」の存在意義　早稲田大学教授・石原千秋　（産経二〇一四年二月二三日）
（http://sankei.jp.msn.com/life/news/140223/bks14022309000002-n1.htm）
村上春樹作品に登場した中頓別町　炎上騒動に困惑（週刊朝日二〇一四年二月二八日号）
（http://dot.asahi.com/wa/2014021900083.html）

【参考サイト】

MAY 3, 2013　BOSTON, FROM ONE CITIZEN OF THE WORLD WHO CALLS HIMSELF A RUNNER POSTED BY HARUKI MURAKAMI
（http://www.newyorker.com/online/blogs/books/2013/05/murakami-running-boston-marathon-

bombing.html)
2013 Nobel Prize Concert　Nobel Media, in association with the Stockholm Concert Hall, presents the Nobel Prize Concert – an event of world class stature. The concert will be held on 8 December as part of the official Nobel Week programme of activities.
Riccardo Muti will be conducting the Royal Stockholm Philharmonic Orchestra in a programme comprising Verdi's "Le quattro stagioni" from Act III of I vespri siciliani (the Sicilian Vespers), Martucci's Notturno Op. 70: 1 and Respighi's Pines of Rome.
(http://www.nobelprize.org/events/nobel-concert/)
Liszt - Années de pèlerinage - I. Suisse - 8. Le mal du pays
(http://www.youtube.com/watch?v=Y-oZPh3LzNg)
嘉門達夫公式ＨＰ　(http://www.sakurasaku-office.co.jp/kamon/pc/profile.htm)

【参考ディスク】

リスト：「巡礼の年」　全曲　ピアノ：Lazar Berman
(http://www.amazon.co.jp/リスト：《巡礼の年》全曲/dp/B00BIT5MPU)

執筆者略歴

土居　豊（どい ゆたか）

作家・文芸ソムリエ

1967年大阪生まれ。大阪芸術大学卒。

2000年、村上春樹論の連載で関西文学選奨奨励賞受賞。

同年、評論『村上春樹を歩く』（浦澄彬名義／彩流社）刊行。文芸評論家・河内厚郎氏に絶賛される。

2005年、音楽小説『トリオ・ソナタ』（図書新聞）で小説家としてもデビュー。作家の故・小川国夫氏の激賞をうけ、文芸評論家・川本三郎氏に書評で絶賛される。

2009年11月、評論『村上春樹を読むヒント』（KKロングセラーズ）刊行。

同年、評論『『坂の上の雲』を読み解く！　～これで全部わかる、秋山兄弟と正岡子規』（講談社）刊行。

2010年6月、評論『村上春樹のエロス』（KKロングセラーズ）刊行。

2011年2月、第2回ブクログ大賞にノミネート。

2012年4月、評論『ハルキとハルヒ　村上春樹と涼宮ハルヒを解読する』（大学教育出版）刊行。作家・筒井康隆氏に著作中で言及される。

同年、AmazonのKindleストア日本上陸に合わせて、小説を電子書籍版で多数刊行。

2013年5月、デビュー小説を大幅改稿した新バージョン『トリオソナタ』を、Kindle版と同じく、AmazonPOD版でグッドタイム出版から刊行。

2013年7月、前年末Kindle版で刊行した伝奇ロマン『かぶろ　平家物語外伝1』をAmazonPOD版でグッドタイム出版から刊行。

2013年10月、『沿線文学の聖地巡礼――川端康成から涼宮ハルヒまで』を関西学院大学出版会より刊行。


村上春樹論や司馬遼太郎論、「涼宮ハルヒ」論、文章力セミナー、電子書籍講座等、文芸ソムリエとしての講義の他、関西主要大学での特別講義も行っている。（大阪大学、関西学院大学、神戸夙川学院大学、園田学園女子大学、芦屋大学等）

いま、村上春樹を読むこと

2014年10月10日 初版第一刷発行

著　者　土居　豊

発行者　田中きく代
発行所　関西学院大学出版会
所在地　〒662-0891
　　　　兵庫県西宮市上ケ原一番町1-155
電　話　0798-53-7002

印　刷　協和印刷株式会社

Printed in Japan by Kwansei Gakuin University Press
ISBN 978-4-86283-174-3

理 コトワリ

KOTOWARI

No.76

2025

関西学院大学出版会
KWANSEI GAKUIN UNIVERSITY PRESS

自著を語る

学生たちは挑戦する

開発途上国における国連ユースボランティアの20年

關谷《せきや》　武司《たけし》
関西学院大学教授

関西学院大学は、国連ボランティア計画（ＵＮＶ）との協定に基づき、学生を開発途上国の国連諸機関に派遣する国連ユースボランティア（ＵＮＹＶ）プログラムを実施しています。そして、二〇二四年一一月、二〇周年を記念するシンポジウムを開きました。そこでは二〇年間の歩みを振り返ったのち、派遣先で活動中の学生達によるオンラインでのパネルディスカッション、また修了生によるパネルディスカッションを行いました。本書は、それらをベースに関係者のコメント等と合わせてまとめたものです。

　関西学院大学は、二〇〇四年、アジアの大学として初めて、世界ではアメリカ、スペインの大学に続いて三番目に、国連ボランティア計画（ＵＮＶ）と協定を結び、第一期の学生ボランティアを派遣しました。二〇一三年には上智大学・東洋大学・明治大学・明治学院大学・立教大学が連携校として加入し、コンソーシアムを形成しました。さらに二〇一六年からは国公立の国際教養大学・大阪大学・筑波大学が加わり、学生たちに広く参加の機会を提供してきました。二〇二五年現在は、明治大学、明治学院大学、立教大学と連携して実施しています。この二〇年間で二〇〇名を超える学生がＵＮＹＶプログラムを通じて世界各国に派遣され、派遣地域はアフリカ・アジア・大洋州など四〇か国にわたります。派遣先機関は国連開発計画（ＵＮＤＰ）やＵＮＶをはじめとして、これまでに一九の機関に派遣されるなど、幅広い地域・分野で活動しています。

　学生たちはこのプログラムにおいて、開発途上国の国連機関で約五か月間実務経験を積みます。業務内容は、広報活動やデータ収集・分析、環境保全の支援、地域住民への啓発活動な

ど、さまざまな役割を担います。これにより、開発途上国の実情を目の当たりにしながら、ＳＤＧｓの達成に向けた具体的な取り組みを体験するとともに、国際社会における実践的なスキルを修得しています。また、国際的な視野を広げ、異文化に対する理解やコミュニケーション能力を向上させています。こうした経験は、学生自身のキャリアにも大きな影響を与え、国内外でリーダーシップを発揮できる人材として活躍しています。

　関西学院には「Mastery for Service」というスクールモットーがありますが、国連ユースボランティアは、まさにこのMastery for Serviceの精神を体現する本学の使命ともいえるプログラムで、関西学院が目指す「世界市民」の育成に大きく貢献しています。最後に、本文に記載されている国連ユースボランティアとして派遣した卒業生の発言を二つ、ご紹介して終わりにしたいと思います。

「本当にこれでよかったのだろうか」と、不安になってしまう瞬間がやはりあります。そういうときに、いつも母に「いままでやってきたことを振り返ってみて、それは全部自分がやりたかったこと？」と聞かれるのです。私は自信を持って「全部やりたかったこと」と答えられるのです。「であれば、ほかの人と違う生き方であってもそれが自分の選んだ道だし、自分がよいと思ってやってきたことだから自信を持ちなさいよ」と励ましてもらうことが多いです。ＵＮＹＶは大学三年生で行かれる方が多くて、日本にいる大学生とは就活準備のタイミングもずれてしまうこともあるかと思います。不安があるかもしれませんが、ＵＮＹＶにチャレンジすることに意義を感じるのであれば絶対チャレンジしたほうがいいですし、後悔はないと思います。

　多分、できない理由を挙げて諦めるのはすごく簡単だと思うのです。それをあえて考えないで、できる方法を考えるということ。リスクもあるのですが、リスクを考える前に、リスク展開にはならずにその先のインパクトと比較したときに、やはり後者のほうがわくわくするし、難しいけれどもいい人生だなと、多分思えると思うので、そういった原動力をもとに日々頑張っています。

数学の防災、防災の数学

市田　優

「数学を専門にしています」というと、「学生時代、数学に苦しめられたなぁ」、「数学ってどんな研究をしているのか気になるけど、聞いてもどうせ理解できないなぁ」という反応をされます。確かに、数学は苦手意識を持ってしまうとどうしてもそれを克服することが難しく、日常生活で使わないのだからもういいか、となってしまいがちです。本稿では、数学を学ぶと日常がちょっとだけハッピーになれるかもしれない、そのメッセージが伝わる一冊、それを目指す私の「災いを防ぎ、未来を明るくする数学」、「防災数学」の研究の精神を培った一冊を紹介したいと思います。

防災数学とは、災害という大きなスケールだけを対象としているのではなく、身の回りの災いを数学的に防ぐためにはどうしたら良いか考え、啓蒙することを目的としています。防災数学は新領域分野で矢崎成俊氏（私の博士後期課程の指導教員、明治大学）が提唱しました。特に、私は「防災」という言葉を二通りの意味でよく使います。一つ目は分野横断の橋渡しとなる共通言語として、二つ目は数学の成果の社会還元としてのキーワードとして用いています。具体例を説明したいと思います。

私の防災数学は主に感染症の流行過程の予測や制御、環境に配慮した害虫駆除法の作戦や政策立案と影響の見積もり、超高齢化社会で増加する骨疾患への負担の軽い治療として期待されているペースト状人工骨の材料特性の影響のメカニズム解明、これからのデジタル社会を支える上で手放せないスマホなどのマイクロマシンの性能・安全性の向上への貢献などがあります。ここでは、紙面の都合でスマホの話をしたいと思います。内閣府はこれから目指すべき未来の姿としてSociety 5.0 を提言しています。モノがインターネットにつながり、現実世界と仮想世界をより融合させてスマートな社会を指します。そのうえで、情報収集などの機能を持つセンサの小型化や性能、安全性の向上は必要不可欠となります。マイクロサイズのセンサを研究している研究者たちは日々実験やシミュレーションにより、どのような構造にすれば、性能も向上でき、安全性も担保され、そして安価に大量生産できるかという命題に挑んでいます。その成果は我々のスマホの便利さや安全性を支えています。では、数学と融合するとどのようなことが可能になるのでしょうか？　数学の強みは数式がもたらす普遍性、論理の保証、仮説の提供、実験の効率化だと私は考えています。すなわち、数学としてマイクロマシンの動きの全貌を紙とペンによって理解できれば、実験におけるあらゆる場合を検証する必要性はなくなり、実用化やその先の展開へと進めることができるようになるのです。さらに、普遍性は「～かもしれない」「～だろう」ということを排除してくれます。実際、私は最近、この分野の研究者である山根大輔氏（立命館大学）と共同研究を行い、マイクロマシンの構造の変化による性能と安全性を数学的に評価することに成功しており、山根氏による検証の段階に進んでいます。将来、自分の数学が背後にあるスマホが使えると思うとニヤニヤがとまりません。ここまでの話から、数学は我々の日常の便利さ、安全と安心を陰ながら支えうる存在であることに気がついていただけるかと思います。私は数学者として数学研究で世界最先端の研究に従事していますが、同時に社会還元という観点を大事にしています。「数学を好きになってほしい」というよりも「これ以上嫌いにならないで」という思いです。

防災数学の提唱者であり、私の博士後期課程の指導教員である矢崎氏はちくまプリマー新書から『公式は覚えないといけないの？』という本を出版されています。実験を数学の講義に取り入れ、日常と数学の関わり、どうして数学を学ぶのか、その矢崎氏のメッセージがふんだんに盛り込まれており、きっと読者の数学へのイメージが変わり、読んだその瞬間から数学を学び直したい、もっと数学の世界を知りたいと思うでしょう。私もこのような書籍を防災数学として出版したいと日々思っており、そのために今日からまた社会に役立つ数学の研究に邁進してまいります。

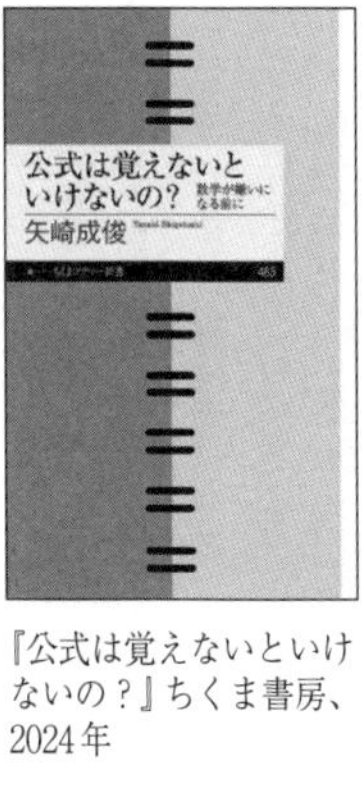

『公式は覚えないといけないの？』ちくま書房、2024年

（関西学院大学　いちだ・ゆう）

アレクサンドラ・ダヴィッド＝ネール

『パリジェンヌのラサ旅行』

二村 淳子

フランス人は、旅に本を持っていく。週刊誌や月刊誌の夏の付録は、しばしば小説だったりする。私もそれらをポケットにいれてヒッチハイクをした思い出がある。かつて、私が旅の間に読んだ本で忘れられない一冊が、*Voyage d'une parisienne à Lhassa*（パリジェンヌのラサ旅行）だ。

「パリジェンヌの旅行」と聞いて、皆さんはどのような想像をされるだろうか。さしずめ、お洒落で裕福なセレブのバカンス……といったところではないか。しかし、書かれているのは、死と背中合わせの危険な冒険、聖都・ラサへとたどり着いた最初の外国人女性の体験談だ。当時のチベットは鎖国中で、姿を晒せば国外追放どころか牢獄行きの危険も。凍てつく「雪国」の旅中、強盗に出くわしたり、ロープ一本の「橋」が切れかかったり、イギリスの手先である高官に嫌疑をかけられたり、雪豹や狼に遭遇したり。白い肌にココアと黒煙を塗って七十二歳の乞食巡礼者の老婆に変装し、物乞いをしながら続けた旅の記録が綴られている。従者は、彼女の養子、チベット僧のヨンデンのみ。呪術に長けたこのラマ僧の彼は、呪文《ズン》を唱え、呪術図形《スンポ》を杖の先で描きながら道中の悪魔たちを追い払う。一方、彼女はツモという体温を高める術を習得しており、氷が張った水に入っても風邪をひくこともない。本書が出版された一九二七年のフランスでの反応は、「女性が?」「ありえない」という声ばかりだったという。

この型破りな女性は、アレクサンドラ・ダヴィッド＝ネール（Alexandra David-Néel, 1868–1969）。冒険家として、東洋学者として、アナキスト、フェミニスト、プロのオペラ歌手、そして作家としても名を馳せた女性だ。花好きならば、彼女の名が冠されたモーヴピンクの八重咲の薔薇を思い出すだろうし、お茶好きならば、マリアージュ・フレールの彼女の名が冠されたフレーバー・ティーをご存じだろう。音楽好きならばチュニスやハノイで活躍したオペラ歌手としての彼女の名を聞いたことがあるかもしれない。西洋におけるチベット仏教紹介者としてその名を知っている方もいるだろう。

　このアレクサンドラの旅行記を単なる冒険譚として読むだけでは勿体ない。両二大戦間の欧州知識人の精神の冒険譚として読むべきだ。というのも、アレクサンドラは、東西の叡智を融合しようとする「神智学」運動、友愛とコスモポリタニズムを謳うフリーメーソン、反・帝国主義を掲げるアナキスム運動という、当時の三つの世界的運動に関わっていた女性だったからだ。幼い時にパリコミューンを目撃したことから帝国主義を憎み、アナキスト兼地理学者のエリゼ・ルクリュと親しく接していた彼女は、平和と平等を希求していた。度重なる戦争と内戦を体験し、西洋近代科学の限界を感じていた。そんな彼女が、秘教と魔術と自然が生活を彩るチベット――外国人立入禁止のミステリアスな土地――に興味を向けたのも理解できる。

　当時のチベットは、南に進出したいロシアと、インドから北へと進出したいイギリスの「グレート・ゲーム」に加え、雲南から虎視眈々と狙うフランス、所有権を主張する中国も加勢し、あらゆる変装をした密偵たちが情報戦を繰り広げていた時期だ。幾度かの失敗を経て、八年以上の月日をかけてラサに入るという彼女の執念の炎を燃やし続けたのは、チベットへの愛のほかに、西洋近代文明の限界、反男性中心主義、反植民地主義もあった。アレクサンドラは言う。「挫折したことはなかった。私は、どんな経緯であっても、また相手が誰であっても、自分は敗北したとは思わないことを主義にしている」（二四頁）と。相手が誰だろうと、どんな状況でも、自分を信じ、プライドを捨てず、とことん自分の道を究めて進むこと。これこそが、パリジェンヌの旅に他ならない。刹那の栄光ではなく、百年後にもなお、すべての女性が歩むべき道を灯してくれ続ける光。真のセレブというのは、彼女のような人を指すのだろう。

（関西学院大学　にむら・じゅんこ）

Alexandra David-Néel, *Voyage d'une parisienne à Lhassa*: à pied et en mendiant de la Chine à l'Inde à travers le Tibet, Paris, Plon, 1927. 邦訳は平凡社より東洋文庫として刊行されている。

旅先で読むものといえば

安岡　匡也

私自身は飛行機での旅よりも列車の旅を選択することが多い。飛行機は早く目的地に着くことができるメリットがあるが、列車の旅は列車内でゆっくりとした時間を過ごすというのがメリットなのではないかと思う。最近は新幹線でものぞみに乗らず、こだまに乗ることもしばしばである。では、そんなにゆっくりすごせる列車内では一体何をしているのかであるが、もっぱら、たまった日経新聞を読んだり、論文を読んだり、研究に関する本を読んだりと仕事に関するものばかりである。しかし、しっかり読めるのは列車内なのである。

ここで昔は何を読んでいたのかを思い出してみた。大学生だった私は青春18きっぷで列車に乗って旅をして回るのが好きであった。通っていた大学は夏休みの前に定期試験があるのではなく、夏休みの後に定期試験があり、その後、秋休みという何とも今では考えられないようなスケジュールであったわけだが、見方を変えれば、その夏休みの間に定期試験の勉強をすることができたのである。基本的に教科書を読んで勉強をするわけであるが、夏休みで他の大学に通う友人は遊んでいるのに、私だけ勉強ということを考えるととても勉強なんてできるような状況ではなかった。となると、どこかで缶詰になって強制的に読むという環境を作らないとだめだと思った。私はドライブも好きであったが、ドライブ中、当然読書はできないので、やはり列車の旅である。かばんの中には本を詰め込んで、列車に乗る。18きっぷの列車の旅はそもそも乗り換えとかを考えるととても早く出ないといけないことが多い。見方を変えれば、それだけ読書の時間があるということである。さて、列車に乗り込んで、風景を見て、しかし同じような風景が続くので（たしかそのときは名古屋を出発して中央本線をひたすら進む感じであった）、本を読んで、疲れてきたら、車窓を見ての繰り返しであった。しかし、いつか山を抜け、一面の海が景色として広がったとき、読書をやめてしまった。意図してやめたわけではなく、自然と読書が止まってしまったのだ。これはいけないと思い、ひたすら読んだ記憶がある。

　これまでに書いた内容からすると、既におわかりかもしれないが、私はあまり読書が好きではない性格である。読むことは読むが、好きで読んで何よりも読書を優先するほどではないということである。だからこそ、読みたいとは思っても、家とか研究室では他の誘惑があるので、なかなか読書をすることはないのである。だからこそ、列車内読書は私の唯一と言っていいほどの読書の時間なのである。

　そんな私でも列車内ではなく、家など他の誘惑も多い環境でも本を読むことを何よりも優先したときがあった。私にとってそれほどの魅力を持つ本はいくつか存在するわけであるが、ここでは沢木耕太郎著『深夜特急』（新潮文庫）を挙げたい。ご存じの方も多いと思われるが、香港をスタートとしてイギリスのロンドンまでバスなど陸路で行くという旅を記したものである。文庫本は全部で六巻あり、ボリュームはそれなりにあるが、一気に読み進むことのできた本である。この作品はテレビ化、すなわち映像化もされており、ＤＶＤも販売されている（私は購入した）。既に知っている話であったのに、この本を手に取って読んでみると、なぜか話は知っているはずなのに、この先はどんな話なのだろうと思ってどんどん読み進めてしまう不思議さがあった。この本は特に臨場感を描写するのが素晴らしいと思う。旅好きの私が選んだ本はやはり旅の話であり、旅でしか読書をしない私が旅でなくても読めた本が旅の本という、私はそれほど旅好きなのかと改めて感じた。

（関西学院大学　やすおか・まさや）

『深夜特急1　香港·マカオ』〈文字拡大増補新版〉、新潮文庫、2020年

『深夜特急（1～6）合本版』【増補新版】Kindle版、新潮社、2020年

リレーエッセイ　海外　私の足あと

偶然の出会い

関谷　一彦

二〇二三年六月、富山県の高岡にあるホテルの食堂で朝食をとろうとしたときのことだ。隣の席で外国人男性二人がすでに食事を終え、旅程について話し合っていた。その言葉はフランス語だった。フランス人観光客だなと思い、聞くともなく、耳を傾けていたら、どうやら氷見から能登半島に向かうらしい（まだ震災前のことだ）。ところが氷見からのバスの乗り場がなかなかわかりづらいようだった。一人が席を立ち、もう一人が旅行のガイドブックを見ていた。食事が一段落した僕は隣の大男（がっしりした体格で頭はスキンヘッド）に「ボンジュール、これから能登へ旅行ですか?」と声をかけた。大男は驚いた様子で、「日本に来てフランス語を話す日本人と初めて出会った」と言った。しばらくするともう一人の小男（がっしりとした体格は同じだが、身長は一六八センチメートルの僕より小さくて眼鏡をかけている）が戻り、われわれの会話に参加した。そのとき具体的にどのような会話を交わしたのかよく思い出せないのだが、どれくらいの期間、どこを旅行するのか、さらには日本の旅行の印象などをおそらく聞いたように思う。また、僕はしばしばフランスに行くことがあり、その夏も三週間の予定でフランスへ行くつもりだと話した。話が一段落し、「良い一日を!」と言って別れたのだが、僕が食後にコーヒーを飲んでいると、大男が戻って来て「もし時間があれば、フランスに来たときに遊びに来てくれ、サンセールの近くだから美味しいワインがある」と二人のイニシアルとメールアドレスを書いた紙ナプキンの切れ端を渡してくれた。それを受け取り、僕も自分の名刺を差し出した。

　その日僕は氷見の高台にあるレストランで昼食をとるために、氷見線に友人と乗った。海岸線のすぐ近くを走る氷見線の赤い二両列車は、美しい岩肌を覗かせる雨晴《あまはらし》海岸を右手に見ながらのんびりと走る。氷見に到着すると、フランス人の大男と小男が改札口を目指して歩いているではないか。偶然同じ電車に乗り合わせたのだ。僕が再びボンジュールと声をかけると二人は驚きながらも笑顔で答えた。「インフォメーションでバス乗り場を尋ねたいんだ」と言うので、僕が案内してインフォメーションで尋ね、それを伝えて、握手をしながら「オ・ヴォワール」と言って別れた。

それから二年が経ったこの春に、思いがけなく二人のうちの一人から「六月から七月にかけて日本を七週間旅行することになった。今回は大阪にも行くつもりだ」と連絡をもらった。大男と小男という印象はあっても顔も思い出せない。しかしせっかく大阪に来るというのだから知らんぷりはできない。夜に寿司屋でも行こうかという返事を送ると、彼らは自分たちの顔写真と旅程を送ってきた。ジャン＝マルクとジャン＝ポールという名前はわかったが、どちらがどちらかもわからない。彼らの職業も、年齢も、二人の関係も、何が好きなのかも何もわからない。僕が知っているのはフランスのサンセールに住んでいる大男と小男というだけである。六月の雨の日の昼過ぎに、われわれは大阪歴史博物館で待ち合わせることにした。博物館の入り口で、博物館で休憩をしながら、そしてその後で訪れた阪神デパートの食料品売り場で、さらに寿司屋で、これまで何も知らなかった二人といろんな話をした。大男がジャン＝マルクで庭師、小男がジャン＝ポールでエンジニア、現在は二人とも退職して年金暮らしであること、前回の旅行で日本が好きになり今回は北海道から奄美大島まで旅行すること、ジャン＝マルクは鉄道と火山と蝶々と日本酒が大好きだが生魚は苦手ということ（寿司屋に行く前に言ってほしかった）、ジャン＝ポールは生魚は大好きだが日本酒は苦手だということなどなど。歩きながら蝶々が飛んでいるのを見つけるとジャン＝マルクは帽子をとって子供のように追いかけていた。六十三歳のスキンヘッドの大男の趣味に笑ってしまったが、自宅には二万五千の蝶々が眠っているそうだ。話は大いに盛り上がり、満腹になって、「楽しい旅行を！」と言って別れた。彼らは「サンセールで待っている」と言った。

偶然出会った、お互いによく知らない者同士だが、話をしていて二人の素朴な人間性に惹かれ、心の奥底で触れ合えたと思った。初対面で住所を教えて遊びに来てくれというフランス人はあまりいないだろう。旅の出会いだったからだろうか。この夏をフランスで過ごそうと考えている僕は、牡蠣に合う美味しい白ワインの産地であるサンセールに行ってみようと本気で考えている。人との触れ合いは、人生を楽しくする。続きはまた次回に。

（関西学院大学名誉教授　せきたに・かずひこ）

連載

写真集でめぐる一九三〇年代関西モダニズム

第7回

大阪―神戸マキタ毛皮店

『毛皮カタログ　1934-1935』

松實　輝彦

　数年に一度あるかないか、たぶんそれくらいのタイミングで古書の神様は、ふわりと舞い降りて来られるのだろう。この数日来、そんなことをぼんやりと考えている。仮にそうだとすれば、あの偶然の出来事にも少しは納得がいくというものだ。

　こんな書き出しになったのは、前回（連載第6回）の神戸マキタ毛皮店についての小文を書き終えてからしばらく経った頃合いで、今回の資料にばったりと遭遇してしまったからである。それぞれ入手先の古書店の所在地も違えば、店主が扱う古書の得意分野も違っている。仕入れや棚だしの時期も、当然ながら異なる。それなのに、まるで見えない糸でつながれていたかのように、資料の姉妹たちは互いを求めて引き寄せあった。そうして遠く離れて暮らしていた資料の姉妹は、実に九〇年ぶりの再会を果たしたのである。よって今回は「めぐりあい特別編」として、前回に引き続いてふたつ年下の妹のカタログ（一九三四年刊行）を紹介する次第である。

　では妹版となるカタログのプロフィールから見ていくこととしよう。前回の姉さんカタログ（一九三二年刊行）と比べると、横長の判型は同じだが、一回りほどサイズがアップしている。縦一八・七センチ×横二七センチ。そしてこの妹版では文章表記が横書きとなっているため、製本の綴じは左側へと変更している。本体の背の二箇所をホチキスでとめて、その上から表紙を巻く平綴じのスタイルである。カタログ本体は三十三頁だが、この妹版の方にも後記や奥付はなく、冊子作成に携わった製作者についての手掛かりはない。裏表紙見返しの下部に貼付された紙片に「神戸　岡部商店印

刷事務所　印行」とあり、前回と同じ印刷所だという事柄のみ明らかである。

　ふたつのカタログを並べての一番の大きな違いは、店の経営発展に伴う名称の変化である。先の姉版は「神戸マキタ毛皮店」だったが、今回の妹版では「大阪―神戸マキタ毛皮店」となっている。表紙をめくった際の薄手の遊び紙には、「神戸市神戸区元町通二丁目」の神戸店とともに新たに大阪店の住所が記され、「大阪市東区淡路町二丁目（堺筋平野町電停前）」とある。同じスペースに経営者の氏名も「槇田清之助」と明記されている。つまりこの妹版カタログは大阪での新規開店を祝すとともに、両店舗の存在ならびにその商品の魅力をアピールすべく得意先や贔屓筋に向けて刊行されたもの、と推し量ることができよう。

　表紙は光沢のある銀色をベースに、中央を横断する橙色の太いラインが鮮やかだ。そのライン上にメインとなるモデルの写真が配置され、ラインと平行して手書きのフォント文字が並ぶ。全体的に落ち着きのあるシックな構成である。表紙のモデルは二年前の姉版に登場していた和装女性だ。その際には掲載のなかったリス皮のショールを羽織ったロケ先でのカットが使われている。ただし彼女はこの表紙のみの登場となり、カタログ本体ではまた別の洋装の女性モデルたちが各々ポーズを決めているのである。

　それでは妹版の頁をめくっていこう。姉版とのレイアウトの違いが明瞭に示されている例として、まずは三頁目の図版を挙げてみたい。ここに見られる写真の並びはランダムであり、かつどの写真も頁の外枠に接する箇所でエッジから断ち落とされていて、リズム感のある動的なレイアウトとなっている。頁左上の正面を向いた洋装女性はスタジオでの撮影だと思われるが、他の二点は女性モデルたちが郊外の路上に停められた高級車とともに活写されている。左上のモデルが全身にまとっているのは「シベリヤ産豹猫皮オーヴアー」で、お値段は「¥２５０」也。シベリア生まれの豹猫とはアムールヒョウのことか。ちなみに野生のアムールヒョウは現在では生息数が百頭以下となった絶滅危惧種である。その下の写真は車外にいるモデルがドアを開けて、車中のモデルと向かい合い挨拶を交わしている光景である。車中のモデルが着ている「チンチラベッツ枝毛製ジヤケツ」は「¥90」。車外のモデルが着ている「フイツチ皮ロングオーヴアー」のお値段はなんと「¥８００」の表示。毛皮用に改良された品種のチンチラ兎のジャケットと比べると、イタチ科の仲間である天然のフィッチをたっぷりと使用したオーバーコートはとても高級品なのだと理解される。また、はにかむように微笑んでいる右上のモデルが着ている「マスクラット皮オーヴアー」の価格は「¥４５０―

８００」とのこと。マスクラットは北米原産で河川や沼地に生息する体長三〇センチ程のネズミ科の仲間。値幅はあるがこちらの品もすこぶる高額である。

次に十頁の図版を見ると、そこでは円や長方形、変形の矩形等の中に写真がはめ込まれたレイアウトとなっている。三頁の図版とも共通しているが、妹版のカタログでは頁構成を担当する装幀家の意図するものがより強度をもって誌面に反映されているようだ。それが享楽や遊び心といったこの時代特有の空気感を表わしているものなのかは判断に迷うところだ。ただし、毛皮の王様と呼ばれる最高級品のセーブル（クロテンの毛皮）で文字を組んで「天然色の玩賞美」と称すあたりは、令和の現在ではまったく笑えない感覚である。右上のモデルが巻いている「セーブルダブルチヨーカー」の価格帯は「¥１００—¥１０００」という驚きの値幅である。左下の円内に放射状に並べ置かれた「ストンマーテン」はロシアやブルガリアで産出されるイタチ科のテンの仲間。その右隣りで見返りポーズのモデルが巻いている「ストンマーテンダブルチヨーカー」は「¥１５０—¥２５０」という価格帯である。

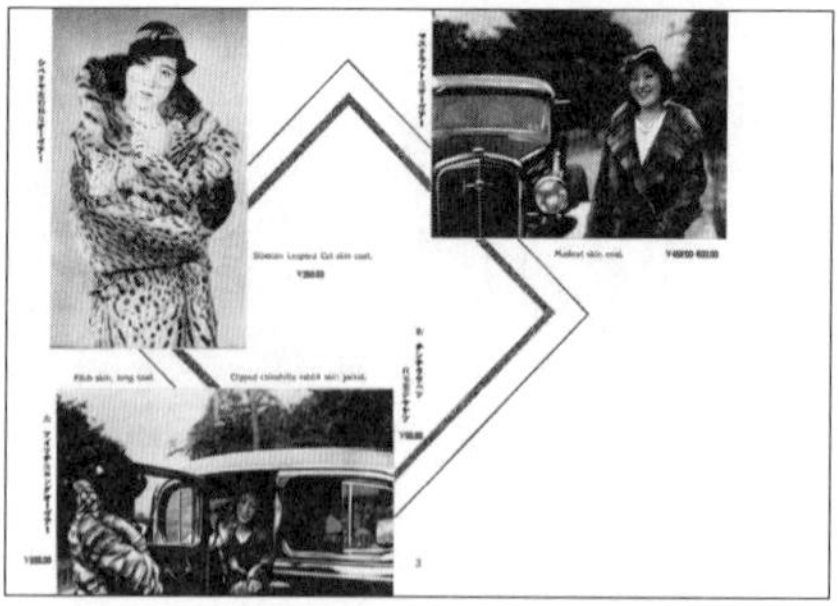

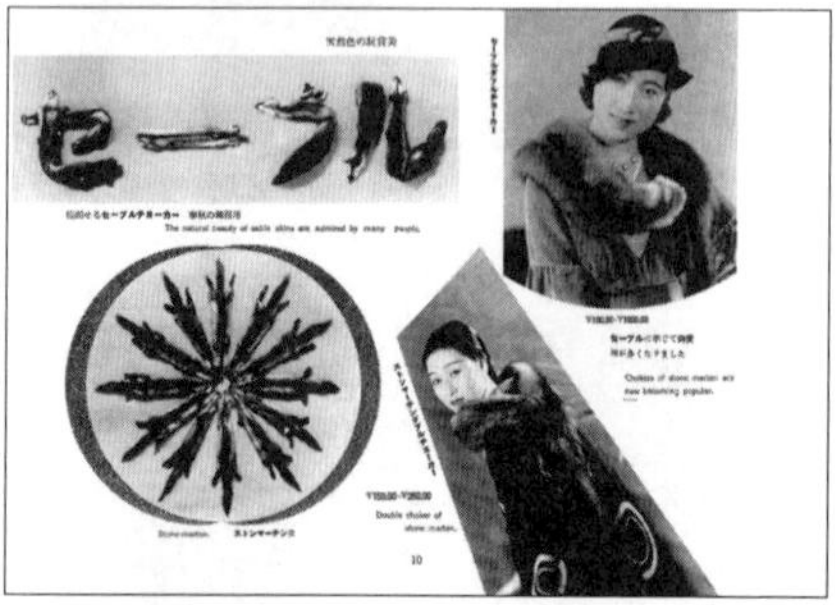

上：3頁　中：10頁　下：29頁

詳しい理由は不明だが、先の姉版で見かけた外国人の女性モデルや日本人の男性モデルは、こちらの妹版では登場しない。モデルが不在であっても、男性向け商品については僅かであるが紹介はされている。たとえば「紳士用毛皮裏オーヴアコート」はハンガーに掛けられた写真での掲載となっている。裏地にロシアリスを敷き詰め、襟にカワウソを用いたコートの価格は「￥５００」と大層高額である。キャプションには「渡満の御用意に特価を以て御調整申上ます」とあり、さらに「満洲が安いと御思召ますが実際は内地で準備が経済であると皆様の定評を受けて居ます」と追加の説明をしている点などは、世相が反映されていてなかなか興味深いところである。

　最後に二十九頁の図版を見ておこう。新店舗である「大阪マキタ毛皮店」の紹介頁である。左上が「店頭」を撮影したもので、真ん中と右上が「営業場の一部」とある。高価な毛皮を買い求めに訪れる裕福な顧客たちの商談がここで日夜繰り広げられていたのであろう。そう思ってしばらく眺めているうちに、この店のファサードや店内の趣向が、くっきりとした直線や円弧による幾何学的な意匠だと気づく。アール・デコ様式である。パリが発祥の地となって世界中に流行したこの様式美を、マキタ毛皮店は満を持して大阪・堺筋平野町の一角に体現したのであった。そして一九三四年に刊行されたこの写真カタログ全体を貫く意匠コンセプトも、まさにアール・デコ様式であった。

　だが、時代の風向きは急速に変わっていく。一九三八年五月五日、政府が人的・物的資源を統制運用できるとした国家総動員法が施行される。その二年後の一九四〇年七月七日、商工省と農林省が国家総動員法を根拠に、高価で贅沢な商品は統制の対象とする奢侈品製造販売制限規則（いわゆる七・七禁令）を施行する。禁令の指定物品は貴金属や家具、象牙製品、厨房器具、果物など多岐におよび、当然ながら毛皮製品も高級衣料品として指定の対象となった。

　神戸と大阪に二店舗を構えたマキタ毛皮店であるが、姉妹版となる二冊のカタログを刊行した後は、もう新たな冊子類は出せなかったと思われる。間もなく「ぜいたくは敵だ」や「欲しがりません勝つまでは」といった官製標語が至るところで喧伝される時代になってしまうのだから。――いや、だが、待てよ、その考えは歴史を少々舐めているのかもしれないぞ。私の中の資料探索者はそう囁いた。そうなのか、ひょっとして、この店が発行した後続の写真カタログはまだどこかに存在するのか、それはいったいどこだ。ふと、何かの気配を感じて、あわててあたりを振り返ってみたが、古書の神様の姿はもうどこにもありゃせんかった。

（京都橋大学　まつみ・てるひこ）

【8〜10月の新刊】

※価格はすべて税込表示です。

KGりぶれっと60
『学生たちは挑戦する』
開発途上国における国連ユースボランティアの20年
村田 俊一［編著］
関西学院大学国際連携機構［編］
A5判　一一六頁　一三二〇円

『宅建業法に基づく重要事項説明Q&A 100』
弁護士法人 村上・新村法律事務所［監修］
A5判　三〇四頁　四四〇〇円

【近刊】

＊タイトルは仮題

『教会暦によるキリスト教入門』
前川 裕［著］
A5判　二〇〇頁　一九八〇円

『ローマ・ギリシア世界・東方』
ファーガス・ミラー古代史論集
ファーガス・ミラー［著］
藤井 崇／増永 理考［監訳］
A5判　価格未定

ドラゴン解剖学　竜の棲処の巻
『中華圏の都市を歩く』
中国モダニズム研究会［著］
A5判　価格未定

【好評既刊】

『未来の教育を語ろう』
關谷 武司［編著］
A5判　一九四頁　二五三〇円

『絵本で読み解く 保育内容 言葉』
齋木 喜美子［編著］
B5判　二一四頁　二四二〇円

『破壊の社会学』
社会の再生のために
荻野 昌弘／足立 重和／山 泰幸［編著］
A5判　五六八頁　九二四〇円

『カントと啓蒙の時代』
河村 克俊［著］
A5判　二二六頁　四九五〇円

『P.ティリッヒと近代ドイツの思想世界』
芦名 定道［著］
A5判　二九〇頁　五五〇〇円

好評既刊

死が消滅する社会

遺品整理業をめぐる死とモノの社会学

近代化で死別や看取りはいかに変容したのか。遺品整理業へのフィールドワークからエスノグラフィーを描き出し、そこに死の個別化を見出す。

藤井 亮佑［著］

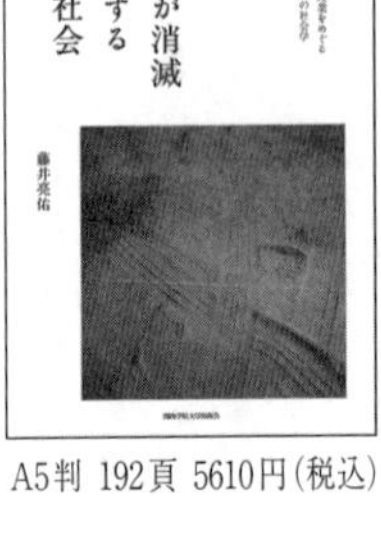

A5判 192頁 5610円（税込）

スタッフ通信

阪神競馬場が改装を終え、二〇二五年三月リニューアルオープンした。

北海道から宝塚に来て三十数年、まだ一度も行ったことがない。数年前、競馬場の近くに引っ越した。窓からは観客席の上層階が見え、土日にベランダに出ると、うっすら場外放送が聞こえてくる。大きな賞レースの日は、地響きのような歓声が窓を閉めていても聞こえ、思わずテレビのチャンネルを変えてみようかと思ってしまう。今年こそ、散歩がてら遊びに行きたい。（浅）

コトワリ No. 76　2025年10月発行
〈非売品・ご自由にお持ちください〉

知の創造空間から発信する
K.G. University Press
関西学院大学出版会
〒662-0891　兵庫県西宮市上ケ原一番町1-155
電話 0798-53-7002　FAX 0798-53-5870
http://www.kgup.jp/　mail kwansei-up@kgup.jp